Les filles modèles

1-Guerre froide

marie potvin

Gouvernement du Québec – Programme de crédit d'impôt
pour l'édition de livres – Gestion Sodec

Nous reconnaissons l'aide financière du gouvernement du Canada
par l'entremise du Fonds du livre du Canada pour nos activités d'édition.

Les filles modèles, 1. Guerre froide
© Les éditions les Malins inc., Marie Potvin
info@lesmalins.ca

Éditrice au contenu : Katherine Mossalim
Éditeur : Marc-André Audet
Correctrices : Corinne de Vailly, Fleur Neesham et Dörte Ufkes
Illustration de la couverture : Estelle Bachelard
Conception de la couverture : Shirley de Susini
Mise en page : Chantal Morisset

Dépôt légal – Bibliothèque et Archives nationales du Québec, 2015
Dépôt légal – Bibliothèque et Archives Canada, 2015

ISBN : 978-2-89657-287-8

Imprimé au Canada

Les éditions les Malins inc.
Montréal, QC

À Sandrine,
merci de m'avoir fait promettre

Avec en vedette :

 **Marie-Douce**
Brisson-Bissonnette

 **Laura**
St-Amour

Prologue

Laura St-Amour est intrigante. Je passe beaucoup de temps à l'observer, à essayer de comprendre pourquoi tout le monde l'aime tant. Mystère et boule de gomme. Ce n'est pas que son apparence qui la rend si charmante. Certes, elle est dotée de superbes cheveux bruns qui lui tombent sur les épaules, son visage est assez joli, mais ce n'est pas que ça. Il y a aussi que, dès qu'elle parle, son nez remue au rythme de ses mots et je trouve ça charmant. J'ai tenté de voir si le mien faisait la même chose… mais en vain. Je n'ai réussi qu'à avoir l'air d'une folle devant le miroir, la face collée à mon reflet. À part son nez mobile, Laura n'a rien qui sorte de l'ordinaire, d'hallucinant ou à vous jeter par terre. C'est plutôt, je dirais, dans sa façon de bouger, de réagir, de ne pas parler pour ne rien dire. Tout le contraire de moi qui ai tendance à débiter un tas de sornettes inutiles…

Dès qu'elle ouvre la bouche, on l'écoute, même si, parfois, elle vous dit vos quatre vérités en pleine face et que ça fait mal. Dès qu'elle cherche à être seule, on la suit des yeux, sur le qui-vive, juste pour voir ce qu'elle fera. Laura s'affaire à un projet ? On a le goût d'en faire autant. Se rend-elle compte de la gang de suiveuses qui recherchent son attention ? Bien qu'elle soit si populaire, Laura n'est pas toujours heureuse, loin de là. La tristesse hante son regard.

Ses amitiés semblent ardues. Par exemple, les chicanes entre elle et sa *best* Érica St-Onge sont spectaculaires. On les entend se chamailler à des kilomètres à la ronde. Des «Pourquoi tu m'as pas rappelée ?» ou «Tu le sais que je l'aime pas, elle !» – clamés surtout par Laura – parviennent souvent à mes oreilles. Du trouble au paradis des filles populaires ? Oh oui ! Souvent ! Et puis, dans la même journée, on les voit marcher ensemble dans la salle F, bras dessus bras dessous. Vient aussi avec la popularité le fait que tout le monde sait qui sont ses ennemies : la belle Alexandrine Dumais et son acolyte un peu bizarre, Clémentine Bougie. Cette guerre éternelle a commencé au primaire, lorsqu'Alex a failli empoisonner Laura (longue histoire) en première année.

En plus de ses relations compliquées (si elle choisissait d'être MON amie, sa vie serait beaucoup plus gaie à mon avis) et de ses sautes d'humeur, il y a quelque chose de sombre en elle. Malgré cela, allez savoir pourquoi, les filles l'admirent, les gars rêvent d'elle. Je me demande ce que son nouvel ami, le beau Corentin Cœur-de-Lion, débarqué de France depuis peu, pense de tout cela. Depuis son arrivée, Laura a beaucoup été vue avec lui, surtout au parc. À l'école, Corentin se tient un peu à l'écart, le nez dans un bouquin, pendant que Laura gère sa « vie sociale » complexe.

Il faut dire que Laura défend ses amis avec beaucoup d'énergie. C'est comme ça que le manteau de Delphine Lemieux s'est retrouvé dans une flaque d'eau en février dernier. C'était une journée de beau temps, la neige avait fondu sur le gazon près de l'école. Delphine s'était moquée de l'accent français de Corentin. Ce n'était, en réalité, pas bien méchant. Le gars a beau être nouveau et venir de loin, il n'est pas du genre à avoir besoin de se faire défendre par qui que ce soit.

Delphine a une grande trappe. Elle n'est pas mesquine, juste un peu trop spontanée. Elle cherchait l'attention du beau Français. Pauvre Delph, elle n'a rien vu venir. Les mains de Laura se sont accrochées à son manteau bleu dont elle avait baissé la fermeture Éclair. Le temps de cligner des paupières, le vêtement est allé prendre un bain dans la *slush* grise. Un enseignant qui passait par là a tout vu. Cette fois, le charme de Laura n'a pas fonctionné. Elle a été envoyée au bureau du directeur. Sa mère a dû venir la chercher.

C'est comme ça que la mère de Laura a rencontré mon père.

Marie-Douce Brisson-Bissonnette est timide. Elle est petite, maigrichonne, on a tendance à voir à travers elle comme si elle n'était pas là. Elle est jolie à la façon de la jeune sœur de Barbie, version humaine. Sa vie a l'air plaaaate! Elle se tient avec deux filles sans charme, Constance et Samantha Desjardins. Constance semble gentille, mais sans plus. Tout chez elle est ordinaire, de ses cheveux hyper longs et raides, un peu ternes, à son visage sans expression. Et Samantha? Par où commencer? Elle est d'un ridicule, ah Seigneur! Je ne comprends pas pourquoi Marie-Douce se tient avec une folle pareille. Elle parle fort, s'habille comme une gamine de six ans et ne sait pas quand se la fermer! Si j'étais son amie, je la ferais taire parce que j'en aurais honte. Mais Marie-Douce est comme ça: trop douce et, pour être honnête, même un peu effacée. Ses cheveux blonds descendent jusqu'à sa taille (comme ceux de Constance! Essaient-elles d'être jumelles?), ses yeux bleus semblent toujours effrayés et sa bouche est souvent entrouverte, comme si elle était prête à crier au secours au moindre signe de danger.

Malgré tout, Marie-Douce est intrépide. Ne s'est-elle pas élancée dans la flaque d'eau pour aller repêcher le manteau de Delphine Lemieux ? La drôle d'idée… Il fallait s'y attendre, elle a perdu pied pour finir par tomber dans l'eau sale et glacée. Même si la température était plus chaude que la normale en ce mois de février bizarre, incapable de se décider entre l'hiver et le printemps, il faisait froid. Grelottante, Marie-Douce s'est retrouvée dans le bureau de la secrétaire qui a appelé son père.

C'est comme ça que le père de Marie-Douce a rencontré ma mère.

Si c'était à refaire, je ne toucherais pas au manteau de Delphine. Comme ça, nos parents ne seraient jamais tombés amoureux.

Je n'aurais pas eu à déménager chez Marie-Douce.
J'aurais eu la paix.
La sainte paix.

Chapitre 1

Le déménagement
de la mort

C'est terrible, ma vie est finie. Ma mère a fait la sourde oreille à mes supplications et voilà où nous en sommes : en plein déménagement vers le dernier endroit sur Terre où je voudrais m'installer. Moi qui ai besoin de ma solitude (à part quand mes amis sont là, je sais, je suis un paradoxe ambulant) autant que d'air pur, je vais vivre, dormir, manger, respirer… avec Marie-Douce Brisson-Bissonnette.

C'est à bout de bras que nous dressons les boîtes en piles inégales dans le camion de mon oncle Ti-Poil. C'est vrai, je suis forte pour mon âge, mais woh, il y a des limites à ma gentillesse, surtout que je n'ai pas demandé à être ici. Si la boîte marquée « Laura – privé » se fait amocher rien qu'un petit peu, je vais flipper.

J'ai tapé du pied lorsque j'ai appris que nous emménagions chez Hugo Bissonnette, le nouvel amoureux de ma mère. Malgré mes efforts pour la dissuader, rien n'a fonctionné. Ensuite, j'ai tenté de suivre les conseils de ma *best*, Érica St-Onge. Elle m'a suggéré de faire la crise du siècle.

— Chez nous, ça fonctionne à tous coups ! m'a-t-elle convaincue. T'as qu'à hurler et pleurer. Dis-lui que tu vas te lancer dans la rivière ! Ça, ça marche tout le temps !

Mais ni les larmes, ni mon boudage extrême, ni la porte que j'ai claquée n'ont eu d'effet sur l'entêtement de ma mère.

Ce fut un *fail* total. J'aurais dû me douter que les trucs d'Érica, c'étaient des conneries. Elle a toujours des idées bizarres. Ma mère ne l'aime pas beaucoup, d'ailleurs. C'est un sujet de discorde entre nous. « Érica est très gentille quand elle veut, mais elle a une mauvaise influence sur toi », me dit-elle souvent. Et moi, j'essaie de délayer la sauce en la comparant à pire.

— Elle n'est pas comme Alexandrine Dumais ! lui ai-je rétorqué un jour. Tu devrais être contente que je ne me tienne pas avec elle ! Érica est un ange, à côté d'Alex !

— Laura… m'a reprise ma mère, toujours calme, tu sais très bien ce que je veux dire à propos d'Érica. C'est pas une bonne amie. Elle te fait souvent de la peine. Pourquoi ne verrais-tu pas Sabrina et Ève plus souvent ? Elles me semblent plus sages…

Plus sages ? ! C'est ça, la qualité que ma mère voudrait que je recherche chez mes copines ? Toujours est-il que mon problème reste le même : comment papa pourra-t-il nous retrouver, maintenant, han ? Impossible ! Il m'a promis qu'il reviendrait. Il est loin d'être parfait, mais il respecte toujours ses promesses. Maintenant, c'est fichu. Il ne découvrira que des pièces vides, ou pire, tombera sur de nouveaux locataires lorsqu'il entrera dans notre petit appartement à Vaudreuil.

J'ai demandé vingt fois à maman si elle lui avait donné notre nouvelle adresse. Vingt fois, elle m'a répondu : « Je ne sais pas où il est, ma chérie. Sa mission dans l'armée est classifiée *Top Secret*. » Mon père est un militaire, mais pas de n'importe quelle sorte. Il fait des missions dangereuses. C'est un véritable héros.

Il me manque…

Ça fait déjà un an que je suis sans nouvelles de lui. Les derniers mots qu'il m'a dits résonnent encore dans ma tête.

« Je t'aime, prends soin de ta mère. » Des paroles rares, venant de lui. En plus d'être secret, il n'est pas démonstratif. Il était souvent concentré sur l'écran de son ordinateur lorsqu'il passait du temps à la maison. Je sais que ma mère trouvait ça difficile qu'il ne soit pas du genre à la bécoter ou à lui apporter des fleurs… mais quand il était là, la maison semblait complète. Pour moi, en tout cas.

Cette dernière fois que j'ai vu mon père, c'était à l'aéroport. Il portait son uniforme kaki et ses bottes noires. Il a lancé un dernier regard en direction de ma mère qui ne s'est pas avancée pour l'embrasser. Normal, elle était triste. Il est parti sans donner de date de retour. Deux autres militaires, l'air sérieux et un peu bête, l'attendaient alors qu'il nous faisait ses adieux. Ce jour-là, j'ai vieilli de plusieurs mois en quelques minutes. J'avais le pressentiment que nous étions désormais seules, maman et moi, laissées à nous-mêmes.

Mon nouveau beau-père peut bien avoir de gros muscles, dans mon cœur, il n'arrive pas à la cheville de papa. Ma mère m'assure que cette décision est la meilleure, que nous serons heureuses, chez Hugo. Ce n'est pas parce que nous emménageons dans une grande maison confortable que ma vie changera pour le mieux !

Vrai, ma mère dormait dans le salon pour me laisser la seule chambre de notre petit appartement. Elle est bibliothécaire, alors nous ne roulions pas sur l'or, mais nous étions heureuses. Lorsque mes parents ont vendu notre maison de la rue Lartigue, j'ai eu beaucoup de peine. Ma mère m'a expliqué de long en large que, dans la vie, il y a parfois des choix difficiles à faire. Notre vie était chamboulée par le travail de papa, il devait partir pour longtemps.

Ça veut dire quoi, « longtemps » ?

Alors que nous vivions toutes les deux dans notre petit univers mère-fille, je n'ai pas eu de réponse à cette question pourtant simple. Nous attendions que papa revienne, point barre. Allons-nous croupir chez les Bissonnette et manquer son retour ?

Maman a perdu patience. « Nous sommes séparés, Laura, tu comprends ça ? Nous ne sommes plus amoureux ! » Oui, je comprends très bien. Sauf que ce n'est pas la première fois que mes parents se séparent et se réconcilient. Elle a beau dire le contraire, je sais qu'entre eux, c'est l'amour. Ils se sont mariés, ils m'ont eue ! Lorsqu'ils sont ensemble, ils sont heureux, non ?

Déménager chez Hugo Bissonnette, c'est une grave erreur. J'entends bien le prouver à ma mère. Tôt ou tard, elle comprendra !

Le pire, c'est qu'à cause de Marie-Douce, j'ai dû me séparer de Dracule, mon meilleur ami. C'est terrible, je pleure tout le temps tellement j'ai mal. Mon chat noir avec une tache blanche autour de l'œil droit, hyper intelligent et affectueux. Il était tout pour moi. Ça peut avoir l'air idiot de dire ça, mais… j'avais l'impression qu'il sentait quand j'avais besoin de lui, qu'il m'écoutait quand je lui racontais mes ennuis et mes peurs. Il venait se

blottir sur mes épaules, son museau dans mes cheveux, ronronnant comme un tracteur.

— Marie-Douce est allergique, on ne peut pas
l'emmener avec nous, m'a répété ma mère pour la
dixième fois, alors que je pleurais à chaudes larmes.

Nous avons passé beaucoup de temps à ressasser
les mêmes conversations, ces derniers temps. Deux
sujets reviennent sans cesse : mon père et mon chat.
Et dans les deux cas, je suis la grande perdante…

— Mais… maman, il est tout ce que j'ai… Mon
chat, c'est ma VIE !

— Ah bon, je pensais que ta vie, c'était ton iPod !

— Très drôle…

— Je blaguais, ma chouette.

Maman m'a récité sa ritournelle de beaux mots
pour me dire à quel point elle comprenait ma peine,
mais que c'était impossible, puisque Marie-Douce
serait malade. Blablabla…

— Je vais le donner à une bonne famille, ne t'en
fais pas.

— Je veux savoir qui, où et pour combien de
temps ! ai-je exigé. Tu ne vas pas le faire piquer,
HAN ?

Ma mère m'a regardée avec un air triste. Avais-je visé dans le mille ou était-elle insultée de mon manque de confiance envers elle ?

— Je veux au moins savoir le nom de la personne qui le prendra !

Elle m'a regardée avec un air blasé.

— Il s'en va chez Sylvie Tremblay.

— J'aurais pu demander à Érica de le garder !

— Tu ne demandes rien à Érica, compris ?

En désespoir de cause, j'ai soupiré longuement, pour ensuite demander des précisions.

— C'est qui ça, Sylvie Tremblay ?

— Une collègue de travail d'une amie que tu ne connais pas. Elle est très gentille et en prendra grand soin. Tu m'aides avec la vaisselle ? Il faut emballer les tasses. Va chercher une autre boîte dans le couloir.

Le sujet du chat ne semble pas préoccuper ma mère le moins du monde. Pour elle, ce n'est qu'un petit problème à régler au même titre que de se débarrasser des meubles que nous aurons en double avec notre «nouvelle famille». J'ai marmonné mon mécontentement, puis, après avoir emballé ce qui m'a semblé être mille tasses, j'ai fouillé sur Facebook pour retracer cette fameuse Sylvie Tremblay. Il y en avait des milliers ! C'était comme chercher un grain de sable sur la plage. J'ai regardé quelques photos, les trente premières Sylvie m'ont paru gentilles. Faute de ne pas pouvoir aller plus loin sans perdre mon temps, j'ai décidé que c'était « correct », en attendant.

— Si ça ne fonctionne pas avec ton nouveau chum, nous retournerons chercher mon chat ? ai-je demandé.

Ma mère a soupiré en transportant une boîte pleine vers le balcon.

— Oui, si jamais Hugo et moi nous séparons, nous irons reprendre ton matou. Ça te va comme ça ?

Oh oui…

Marie-Douce ne connaît pas encore sa malchance : je serai loin d'être facile à vivre. Surtout que, par sa faute, Dracula ne peut pas me suivre. Je lui en veux déjà d'être dans mon chemin, dans mon univers, dans ma vie !

Comble de l'injustice : ils ont un chien. Elle n'est pas allergique aux chiens ? Juste aux chats ? En plus, il est gigantesque. De toute évidence, Hugo Bissonnette ne fait rien à moitié : Trucker est un Saint-Bernard de soixante-cinq kilos ! Il doit valoir environ quinze chats à lui tout seul !

Marie-Douce est donc ma nouvelle fausse demi-sœur.

— Imagine si nos parents se mariaient ! m'a-t-elle dit lors de notre première visite chez elle. Ça serait génial, non ?

Woh, les moteurs ! Il faudra me passer sur le corps avant que des vœux éternels soient échangés entre nos parents. Et puis, pourquoi est-elle si heureuse que je m'installe chez elle ? Nous n'avons rien en commun. Elle vit dans son monde de trucs joyeux et de fleurs, alors que j'aime le noir et tout ce qui est morbide.

Elle aime les chiens, moi les chats. Nous n'avons rien à nous dire, c'est perdu d'avance.

Marie-Douce a des airs de Chloé Moretz. Son visage en cœur et ses yeux bleus en forme d'amande la font ressembler à cette actrice du film d'horreur que je n'ai pas eu le courage de visionner, mais que j'ai affirmé avoir adoré. Personne ne doit savoir que je suis une poule mouillée. Personne ! Surtout pas Marie-Douce.

Je dois aussi avouer qu'elle porte bien son prénom. Le timbre de sa voix est si faible que je n'entends pas bien ce qu'elle dit. Chaque fois qu'elle parle, je dois lui prêter une oreille attentive. Faudra qu'elle s'endurcisse, la petite perruche, si elle veut survivre à ma présence… Par les temps qui courent, ma compagnie n'est pas agréable.

Je me rappelle la dernière soirée où j'ai été prise avec elle dans sa chambre. C'était un samedi soir. Ma mère, l'air rêveur, m'avait annoncé que nous allions de nouveau passer du temps chez Hugo Bissonnette, le père de Marie-*Poucette*. Une fois réunis dans le salon de leur maison du Vieux-Vaudreuil, nos parents respectifs nous ont lancé, croyant nous faire plaisir : « Les filles, c'est super que vous ayez le même âge ! Marie-Douce, je suis certaine que t'as un film que Laura aimerait… »

Hé, woh, ce n'est pas comme si je ne connaissais pas déjà Marie-Douce, elle est dans ma classe ! Ça veut dire que si je l'avais voulue comme amie, ça ferait longtemps que ce serait fait. J'ai déjà Érica, Sabrina et Ève, pas besoin d'ajouter la fille plate à ma gang. Ah, les parents ! Ils ne savent jamais de quoi ils parlent. *Allôôô ! Arrêtez de nous* matcher *comme si on découvrait l'existence de l'autre !*

Les adultes voulaient avoir la paix, c'était évident. S'ils ont pensé faire de nous des *BFF*[1], ils se sont mis le doigt dans l'œil. Hugo Bissonnette m'a fait un sourire presque paternel lorsqu'il a déposé sa main sur la cuisse de ma mère. Elle a glissé ses

---

1. BFF : Best Friends Forever (traduction française : Amies pour la vie).

doigts sur son épaule. Ouais, j'étais aussi bien de sortir de la pièce.

— Tu veux regarder *Twilight*? J'ai les cinq films… On pourrait commencer par le dernier… m'a suggéré Marie-Douce.

— Non, je ne veux pas regarder *Twilight*! Moi, les vampires quétaines, ça ne me dit rien. C'est *out*! Ça fait des années que c'est fini! T'as rien de plus récent?

— C'est indémodable et c'est la plus belle histoire d'amour de tous les temps, tu sais.

Du haut de mes treize ans, j'ai regardé Marie-*Mousse* comme si elle était stupide. Qu'en sait-elle, des histoires d'amour, *elle*? «*…histoire d'amour… tu sais… gnagnagna*»

— Ça ne m'intéresse pas, moi, les histoires d'amour.

Je n'ai pas dû être assez claire, parce qu'elle ne s'est pas découragée. Elle s'est contentée de hausser les épaules.

J'ai menti. Ce n'est pas que ça ne m'intéresse pas, c'est plutôt que je suis trop sensible et ça me gêne de pleurer devant les gens.

— Tu ne sais pas ce que tu manques, a-t-elle pointé de sa petite voix.

— Qu'est-ce que tu veux dire?

— Ben ! Que c'est merveilleux, a-t-elle insisté.

— Qu'est-ce qu'il y a de merveilleux dans l'histoire d'un vampire qui tombe amoureux d'une humaine ?

— Je croyais que tu ne l'avais pas vu ? a-t-elle demandé, le doute dans les yeux.

— Depuis le temps que ça existe, tout le monde sait de quoi ça parle ! Regardons plutôt le hockey, je ne veux pas rater le match.

Elle a plissé les yeux le temps que je détourne les miens. Avait-elle deviné que j'avais menti à travers mes dents ? Mon DVD de *Twilight* a tellement roulé qu'il est usé et bloque souvent, à mon grand désarroi. Je l'ai égratigné à force de le manipuler. Entre dans la boîte, sort de la boîte… entre dans le lecteur de DVD… entre dans la boîte… C'est de ma faute, je ne suis pas très délicate avec les objets. Je fais tout trop vite. J'ai demandé à ma mère de l'acheter pour mon iPod, mais elle a refusé. J'ai même nommé mon chat Dracule en l'honneur de Dracula, à tel point j'aime les vampires à cause de ce film. J'ai dû le visionner au moins cinquante fois, mais personne, surtout pas Marie-Douce Brisson-Bissonnette, ne doit savoir ça. Ma réputation en dépend.

***

Debout devant le camion de déménagement, j'ai un frisson d'horreur. Voilà, c'est maintenant vrai, toutes mes affaires (sauf mon Dracule) iront dans la chambre de Marie-Douce. On essaie de me faire croire qu'aucune autre pièce ne peut être libérée pour moi. Je n'en crois pas un seul mot! Cette maison est immense! D'après moi, Hugo Bissonnette est riche à craquer. Je sais qu'on me force à partager sa chambre dans l'espoir de faire de nous des amies éternelles. Ça ne fonctionnera jamais.

Comment maman peut-elle imaginer que je sois heureuse d'avoir une «copine de chambre»? Je veux pleurer ma vie!

– Pourquoi tu ne dis pas à ta mère que tu ne veux pas aller habiter chez Marie-Douce? m'avait demandé Corentin, mon nouvel ami, la veille du déménagement.

– Je lui ai dit au moins cent fois, déjà. Tu sais que Marie-Douce souhaite que nos parents se marient? Non, c'est pas possible, je ne pourrai jamais m'entendre avec une fille qui rêve en couleurs à ce point-là. Tu te rends compte?

Corentin jouait dans le sable avec une brindille de sapin. Je sentais mes joues rougies par la course que mon ami venait de gagner jusqu'au banc vert du parc avoisinant mon ancienne maison.

– Vous n'êtes pas obligées de passer tout votre temps ensemble, voyons… Elle est contente que tu sois là. C'est sympa de sa part, non ?

– Corentin, essaie de comprendre. Même quelques minutes, c'est déjà trop me demander ! Cette fille-là a été surprotégée par son « papounet d'amour » et n'est jamais sortie !

Corentin m'avait regardée avec un air qui en disait long. Il savait à quel point j'étais moi-même proche de mon père. Moi aussi, j'avais un papounet… Mon ami semblait sur le point de me faire remarquer que c'était la jalousie qui me faisait parler ainsi, mais il a évité le sujet. *Merci, Corentin.*

– Je n'en suis pas si convaincu… Ils ont une maison immense… il me semble peu probable qu'elle n'ait jamais voyagé, avait-il supposé.

– Le merveilleux monde de Disney ne compte pas !

Pour être honnête, je ne sais pas si elle a fait des voyages… mais je suis certaine que si elle en a eu l'occasion, elle est allée voir Cendrillon.

– Et toi, Laura… t'as voyagé si souvent ? As-tu vu l'Europe ? L'Asie ? … Montréal ?

– Bien sûr que j'ai vu Montréal !

Son petit sourire en coin m'avait énervée. Je voyais bien qu'il se retenait de rire. Puis, il avait remarqué que j'avais du mal à reprendre mon souffle. Je n'étais pas en crise, j'étais juste très contrariée et… agacée.

— Tu as besoin de ta pompe, Laura ? Tu fais une crise d'asthme ?

— Non, çaaa va aaa … aaa… aller.

— Tu es sûre ? Je peux aller la chercher, tu sais.

— Non, je t'aaassure… que… çaaa… va.

Corentin est si gentil, il ferait n'importe quoi pour moi. À tel point qu'il est vite devenu le meilleur ami que je n'ai jamais eu. Avec lui, c'est différent d'avec ma gang de filles. Avec mes autres amies, j'ai toujours l'impression d'être un peu en compétition. Par exemple, on dirait qu'Érica cherche toujours à avoir le dessus. En plus, quand je lui confie quelque chose d'important, j'ai toujours peur qu'elle aille tout répéter. Avec Corentin, je ne ressens pas le besoin de me méfier. Il est le seul garçon avec qui je peux discuter, le seul qui me comprenne. Je le considère comme un ami sincère, mais rien de plus, et ce même s'il est super beau. Je ne voudrais pas gâcher notre relation en y mêlant des complications amoureuses.

J'en étais toujours à essayer de respirer de façon normale quand j'ai aperçu Marie-Douce se pointer au coin de la rue. Même si je n'avais pas encore repris tout mon souffle, je me suis levée d'un bond. Je devais déguerpir.

Je ne voulais pas qu'elle me voie avec Corentin.

Marie-Douce ne peut pas venir errer sur mon territoire. S'ils en venaient à devenir amis, je devrais partager Corentin. Son amitié est trop importante. Aussi bien dire que ma vie, déjà gâchée par mon déménagement, serait vraiment, mais alors là, *vraiment* ruinée.

Chapitre 2

Au revoir,
vie tranquille !

Mon père et Nathalie, la mère de Laura, se sont rencontrés devant le bureau du directeur. Elle attendait de rencontrer monsieur Tranchemontagne, parce que Laura avait lancé le manteau de Delphine Lemieux dans une flaque d'eau. Manteau pour lequel je me suis sacrifiée, d'ailleurs. Trempée jusqu'aux os et grelottant comme un chaton, j'attendais mon père. En arrivant, il m'a prise dans ses bras pour me réchauffer. Prévoyant, il avait apporté une grande serviette et des vêtements de rechange. Mon père prend toujours soin de moi. Il est extraordinaire.

J'ai vu du coin de l'œil la belle dame qui accompagnait Laura. C'était très facile de constater qu'il s'agissait de sa mère. Mêmes cheveux bruns, longs et fournis, mêmes yeux marron, même nez droit, même forme de bouche. Elle a souri à mon père. Dans la même seconde, Laura m'a adressé une expression sans chaleur, l'air de dire «Quelle nouille de t'être jetée dans la flaque d'eau!» J'ai voulu lui faire comprendre que c'était un *ac-ci-dent*, mais je n'en ai pas eu la chance. Mon père m'a poussée vers les toilettes, je devais changer mes vêtements mouillés.

Quand il a téléphoné à Nathalie pour la première fois, il était très nerveux. Puis, lorsqu'il s'est préparé pour son rendez-vous galant, il s'est changé à trois reprises.

Il était si énervé qu'il allait me rendre folle! Je lui ai dit qu'il était très beau avec ses jeans foncés et sa chemise blanche, ça l'a un peu rassuré. Il faut mentionner qu'avant de rencontrer Nathalie, mon père ne sortait presque jamais. J'allais donc rester seule à la maison. Ça n'arrivait pas souvent et même si j'avais toujours une petite crainte, j'avais hâte qu'il parte!

Je m'en suis bien sortie, finalement. Aucun voleur n'est venu, aucun monstre n'a jailli du placard. Enfin, jusqu'à aujourd'hui, depuis que Laura St-Amour s'est installée dans ma chambre. Avec elle, rien n'est facile. Serait-ce pour ça que je cherche tant à lui plaire? C'est le goût du défi, peut-être? Ça reste à voir…

Malgré tout, je suis très contente que Laura et Nathalie viennent vivre avec nous. C'est vrai, je suis peut-être tombée sur la tête. Laura et moi, ce n'est pas l'amour fou. En tout cas, pas de son côté. Mais mon père est un homme gentil, il mérite une jolie amoureuse avec qui rire et danser. Nathalie semble correspondre à ses attentes, alors je suis heureuse pour lui.

J'espère tout de même que Laura me donnera des trucs pour gagner de la confiance en mes capacités. Au contraire de moi, elle n'a peur de rien ni de personne. Elle garde la tête haute en tout temps. C'est une gagnante, ça se voit. Tout le monde le sait. Même le nouveau, Corentin, qui est arrivé dans notre école juste avant Noël. Toutes les filles ont capoté tellement il est cute! Mais il se révèle être un solitaire qui ne semble pas intéressé à se faire des amis, encore moins une blonde, au grand désespoir de la gang de filles en pâmoison. Toutefois, Laura et lui s'entendent bien. D'ailleurs, Laura semble s'être un peu décollée d'Érica depuis l'arrivée de Corentin. Plusieurs prétendent qu'ils sortent ensemble en cachette, mais je ne les ai jamais vus se toucher. Ça reste donc à valider... Mais je n'irai pas jusqu'à les espionner au parc, ce n'est pas mon genre.

Corentin Cœur-de-Lion, tout droit arrivé de France, est plus grand que les autres garçons. Il a de magnifiques yeux bleus. De plus, il est mystérieux. Je n'ai pas encore découvert où il habite exactement. Il est très discret. Ce ne sont que des rumeurs, mais on raconte qu'il a dû quitter Paris parce qu'il se bagarrait tout le temps. Voilà quelque chose à approfondir... Moi qui adore les énigmes, me voilà servie!

Ce qui est bien, c'est que maintenant que Laura partage ma chambre, j'aurai sans doute l'occasion de voir ce fameux Corentin de plus près.

Cependant, me connaissant, je ne lui parlerai pas beaucoup. Dès que je vais ouvrir la bouche, il en sortira une phrase intelligente du genre « ah, hum, oumph, bah… » Et *glou glou glou*…je coulerai comme le Titanic.

Il y a autre chose qui me chicote. Il s'agit d'une situation assez importante. Voilà, Laura m'en veut à cause de Dracule. Pourtant, ce n'est pas de ma faute si les chats me rendent malade! Et pas qu'un peu! Mes yeux gonflent, mon nez devient une fontaine, j'ai du mal à respirer et ma gorge émet un son strident qui ressemble à celui d'un sifflet. Moi, j'aurais essayé quand même de vivre avec Dracule, mais mon père s'y est opposé. Quand il dit non, c'est non. J'ai même demandé à prendre des médicaments contre les allergies, il a refusé. Sa décision était finale.

Je n'ai pas dit à Laura que j'ai tenté de lui permettre de garder son chat. Je n'ai pas trouvé le bon moment pour lui en parler, ou plutôt, je n'ai pas osé aborder le sujet. Mais elle, elle a été très claire. Vivre ici la rend malheureuse. Je ne pourrai jamais l'accuser d'avoir été hypocrite, il faut lui donner ça. J'espère seulement qu'elle finira par s'habituer.

J'ai fait la gaffe de lui avouer que j'aime les fées, même à mon âge. Erreur! Je n'ai pas eu le temps de lui expliquer que je ne parlais pas de la fée Clochette, mais bien de la vraie mythologie des fées. J'aime lire sur leur histoire. Par exemple, selon les Celtes, une civilisation ancienne, les fées habitaient l'Autre Monde, celui de la mort. Pour eux, elles étaient des esprits. Ailleurs, on parle aussi des fées comme d'une sorte d'anges. Il y a tellement de choses passionnantes à découvrir les concernant.

Évidemment, Laura ne m'a pas laissé la chance de lui expliquer tout ça. Elle se tapera longtemps sur les cuisses à force de rire de moi dans mon dos, c'est sûr. Même si nous avons le même âge, que nous sommes dans le même groupe, on dirait qu'elle est plus mature que moi. Elle ne perd pas son temps à s'inventer un univers imaginaire, comme moi je le fais. Elle vit dans le monde réel, se fait facilement de nouveaux amis, alors que moi, je reste dans mon petit trio composé de Constance (qui me connaît comme si elle m'avait tricotée et partage avec moi cet intérêt pour les trucs fantastiques comme les fées) et de Samantha. On dirait que je n'aime pas vieillir, alors qu'elle, ouf! Elle semble être prête à devenir une adulte! Déjà à treize ans, ses formes de femme sont visibles alors que moi, je suis encore plate de partout.

Aujourd'hui a été un grand jour. J'avais hâte, allez savoir pourquoi, que Laura arrive avec ses affaires. J'étais heureuse de voir sa vie se mêler à la mienne, de découvrir ses goûts, ses idées et peut-être même ses peurs. Je crois maintenant que j'ai rêvé en couleurs. Ma déception est si grande que j'ai le goût de pleurer. Mon cœur est tombé dans mes souliers.

C'était idiot de m'être monté un scénario dans lequel Laura entrerait avec un sourire et une main tendue vers la mienne. Je voulais une sœur, une complice, je croyais l'avoir trouvée. Oh, je sais, le temps arrangera les choses. *Peut-être*. Quoique j'en doute fort.

Lorsque je suis angoissée, comme maintenant, j'aime bien parler aux fées. Mes préférées sont celles de l'air, appelées sylphes. Selon mes (nombreuses) lectures, elles apportent, entre autres, l'inspiration et le rire. Je fais semblant qu'elles existent, tout autour de moi. J'en imagine une qui apparaît devant mes yeux, qui m'écoute et me comprend. J'ai plusieurs livres sur le sujet, ce sont des êtres mythiques, pas seulement des personnages de dessins animés !

C'est stupide, mais leur parler me calme. Le simple fait de ne plus me sentir seule est si plaisant que j'en oublie ce qui me stresse. Note à moi-même : *ne jamais révéler ceci à personne même sous la torture.*

Je devrai me cacher, désormais. Je dois vieillir et me dégourdir si je veux un jour gagner l'estime et l'amitié de ma nouvelle demi-sœur. Le temps des fées imaginaires est terminé !

Je devrai faire semblant d'être plus audacieuse, d'être moins bébé et surtout, désintéressée.

Indépendante.

Voilà le mot que je cherchais.

Chapitre 3

*La fée des étoiles
est une zombie !*

Marie-Douce était là quand je suis arrivée avec mes boîtes. Elle était excitée comme une puce à l'idée de m'avoir dans sa chambre. Elle n'était pas bien, seule avec ses poupées décoratives et son couvre-lit fleuri ? Son lit à baldaquin est d'un quétaine à faire peur. Il faudra assurément faire quelque chose pour améliorer cette chambre ! Sinon je vais mourir, c'est sûr.

On a placé mon lit en L par rapport au sien. C'est bien, quand même, la chambre de Marie-Douce a l'avantage d'être immense.

J'aurai donc de la place pour mon lit, ma commode et mon bureau de travail, mieux connu sous le nom de planche à tortures. Car, je dois l'admettre, pour moi, les devoirs, c'est de la torture. C'est *plaaaateeeuh* ! Et puis, que je les fasse ou non, mes foutus devoirs, mes notes sont bonnes quand même.

Ça, c'est grâce à ma grande intelligence.

À part mes vêtements et mes couvertures que j'avais poussés pêle-mêle dans quelques grands sacs de plastique bleus servant normalement au recyclage, mes avoirs se résument au contenu de quatre boîtes.

Boîte #1 : Mes photos et mon *scrapbooking* (ainsi que tous les bidules qui viennent avec).

Boîte #2 : Mes souvenirs et mon journal intime.

Boîte #3 : Mes DVD, mon mini laptop et mon iPod Touch, mon DS, mon X-Box et mes walkies-talkies (dont je ne me sers jamais).

Boîte #4 : Mes livres (ça, c'est sacré, personne ne touche à mes livres !).

Mon père a dû se sentir coupable de partir, c'est la seule explication que j'ai trouvée pour justifier ma panoplie de joujoux électroniques. Non pas que je m'en plaigne. C'est très *cool*. Comme je suis fille unique, je n'ai JAMAIS à partager quoi que ce soit avec qui que ce soit.

C'était vrai jusqu'à aujourd'hui.

Les yeux de Marie-Douce sont ronds comme des billes devant mes trésors. Voilà une autre chose qui fait partie de son éducation vieux jeu. Pas d'électronique avant l'âge de dix-huit ans pour elle, j'en mettrais ma main au feu ! Donc, même si elle salive devant mes joujoux, je suis prête. À la seconde où elle ouvrira la bouche pour me demander de lui prêter un seul gadget, je serai claire, nette et précise. *Bas les pattes ! Interdit ! Dehors, les chiens pas de médailles !*

Elle a des fleurs et du parfum, moi, j'ai des gadgets. Facile de voir qu'elle a ce genre de père qui ne la laisse pas perdre du temps devant une tablette électronique. Ils sont tellement plates, ces pères-là. Je suis bien heureuse que le mien ne fasse pas partie de cette catégorie.

On dirait que Marie-Douce a prévu ma réaction. Elle s'est assise sur son lit, en Indien, les mains sur ses genoux. J'ai mon iPod dans la main droite et dans la gauche, mon DVD de *Twilight* que je glisse vite entre deux piles de livres. J'ai eu chaud ! Je sais qu'elle m'observe. Si elle voit le DVD arborant la photo de Bella sur la pochette, je serai démasquée. Et on ne veut pas que Laura soit démasquée, *HEIN* ? On veut que Laura ait la paix.

Ouf, voilà que je parle de moi-même à la troisième personne. Je dois être devenue folle.

— T'es sûre que t'as pas besoin d'aide, Laura ?

— Oui, sûre, dis-je, maladroite, alors que la pile de bouquins vient de dégringoler sur le bureau comme un tas de dominos.

— T'aimes lire ? demande-t-elle, en regardant mes livres.

Ça ne paraît pas ?

— Humm mmmm… c'est surtout maman qui pense qu'elle est une meilleure mère si elle m'enterre sous les livres.

— Mon père est pareil, dit-elle en indiquant ses tablettes murales pleines à craquer. Il croit que plus j'aurai de livres, plus je lirai.

Elle pointe ma boîte #3 de son doigt verni de rose.

— Et ça, c'est de qui ? demande-t-elle.

— Mon père.

— Ah.

— Quoi ? dis-je, encore énervée.

— Rien ! Euh, t'en as beaucoup, de trucs électroniques, je veux dire. Euh, c'est tout… T'as accès à Facebook ?

Je vois l'émerveillement dans son regard. Je parie qu'elle n'a pas le droit d'aller sur Internet. J'ai le goût de lui en mettre plein la vue…

— Évidemment ! J'ai même mon propre compte !

Ses yeux sont ronds comme des billes.

— Ta mère est donc ben *cool* ! Mon père ne me permettra jamais ça avant mes vingt-six ans. J'ai même pas de iPod !

Je n'ai pas de compte Facebook… j'ai menti. Ni mon père, ni ma mère ne me l'ont permis, mais Marie-Douce ne le saura jamais. J'y vais en cachette sur le compte de ma cousine Camille. Elle a dix-sept ans, une voiture et un iPhone. Elle me laisse aller voir, des fois… c'est comme ça que j'ai pu chercher toutes les Sylvie Tremblay du Québec, d'ailleurs. Merci Camille !

— Oui, mon père aime me faire des cadeaux et ma mère me traite en ado responsable. Toi, par contre, ta chambre est pleine de *cossins*, dis-je en regardant autour de moi.

La chambre de Marie-Douce a l'air de la tour de la princesse Fiona, avec accès à un magasin de jouets en plus. Tout est rose, jaune ou mauve, pastel ou fleuri. Il ne lui manque que la peau verte. Je crois que je vais avoir la nausée.

— Tu peux prendre ce que tu veux, tu sais, dit-elle. Ça ne me dérange pas.

C'est pas vrai ! Elle ne me fera pas le coup de la bonne fille super fine. Je la déteste ! Je ne succomberai pas à sa gentillesse ! De quoi aurai-je l'air si on me voit dans les couloirs de la Cité-des-Jeunes avec Marie-*Bonbon* Brisson-Bissonnette ? On se demandera où est passé mon cerveau ! Voilà ce qui arrivera ! En plus, Samuel Desjardins, le garçon le plus baveux de notre groupe et qui me donne du fil à retordre — il prend pour les Bruins de Boston et dès que les Canadiens perdent, il me niaise avec ça —, ne fera qu'une bouchée de ma réputation.

Tout le monde sait que je suis une *fan* inconditionnelle des Canadiens ! J'ai d'ailleurs écrit une longue lettre à P.K. Subban pour lui dire à quel point j'admire son talent et de *pleeeease*, essayer de gagner la Coupe Stanley. Oui, c'était ridicule de ma part, comme si P.K. allait prendre ma lettre en considération et surtout, comme s'il ne faisait pas déjà tous les efforts pour gagner ! À ma grande surprise, il m'a répondu ! J'ai reçu une lettre écrite de sa main. Sur le coup, je me suis demandé si c'était bel et bien lui qui l'avait écrite. J'ai montré la lettre à Samuel. C'est drôle, il n'a rien trouvé à dire… J'aime boucher Samuel, c'est un de mes plus grands plaisirs dans la vie !

J'aperçois une Barbie blonde sur une des nombreuses tablettes de Marie-Douce et je pouffe de rire.

— J'espère que tu ne joues plus à ça !

— Bien sûr que non ! C'est la petite voisine qui l'a oubliée ici ! Moi, j'aime plutôt les trucs fantastiques. Les vampires et les zombies…

Je la regarde, éberluée. *Pardon ?* Mademoiselle Marie-*Princesse* aime les zombies ? Nah ! Je n'en crois pas un seul mot. C'est assurément pour paraître *cool* !

— T'as pas l'air d'une fille qui tripe sur les trucs morbides. Je pensais que t'aimais les fées, c'est pas ça que tu m'as dit l'autre fois ?

Elle pâlit même si elle est déjà laiteuse. M'aurait-elle menti ?

— Ben, euh… c'est-à-dire que… Oui, les fées aussi… j'ai beaucoup lu sur le sujet et…

— Ouais, ouais, c'est ça que je pensais.

Des Barbie zombies, ouais ! Pouhahaha !

Alors que je force sur une boîte pour la déposer sur mon bureau, Marie-Douce se lève pour dérouler mon couvre-lit.

— *Wow*, il est beau ! s'exclame-t-elle en passant une main sur le tissu magenta, vert lime et noir.

— Merci, mais ça va avoir l'air fou avec ta déco !

Note à moi-même : *déprincessizer* ce royaume au plus vite. J'ai d'ailleurs apporté tous mes *posters*... Ils vont jurer sur son mur rose. Des affiches de films d'horreur que je ne verrai jamais, de groupes rock que je n'aime pas vraiment (sauf celui de Billy Idol avec ses cheveux à la mode de 1984, il a l'air terrifiant avec son air de dur à cuire, je l'adore)... tout pour traumatiser Marie-Douce. D'ailleurs, il n'y a pas meilleur temps que le moment présent. Je saisis un sac vert et en sors quelques-unes.

— T'as du *Scotch Tape* ?

Elle semble confuse, voire apeurée.

— Tu... veux... coller des *posters* sur mes murs ? Mais...

— De un, ce ne sont plus TES murs, mais bien NOS murs. Et t'en fais pas, je n'enlèverai pas ton cadre laminé de Chris Hemsworth ! Il est pas trop mal...

Son front est strié de plis d'inquiétude. Oh, que je viens de la déstabiliser! Tant mieux, ce ne sera pas la dernière fois!

— Papa ne veut pas que je colle des choses sur les murs. Si je mets des décorations, c'est lui qui s'occupe de planter un clou en prenant les mesures pour que ça soit bien droit.

Ma bouche est ouverte, mes yeux, ronds comme des trente sous. Est-ce que cette fille est réelle, ou est-ce un personnage animé directement sorti d'un film de Walt Disney? Comment fait-elle pour vivre comme ça, dépendante du bon vouloir de son « papounet »?

Il se trouve que j'en ai, du ruban gommé, pourquoi est-ce que je n'y ai pas songé avant?

Je pointe deux murs.

— Ces deux-là sont les miens. Les deux autres sont à toi. Faisons ceci : ton père peut contrôler tes murs, et ma mère – qui s'en fiche pas mal – aura son mot à dire sur les miens.

Sans attendre son accord, je décroche un cadre au contour argenté que je lance sans cérémonie sur son lit. Bang!

— Hé! C'est le portrait de maman! La vitre est cassée!

Ah schnoutte… il fallait que ce soit une photo sentimentale.

— Vraiment désolée ! C'est pas grave. Enlève la vitre et pose le portrait sur TON mur.

Son regard éberlué passe de mon visage à celui, en noir et blanc, de sa mère. Je vois bien qu'elle retient ses larmes. J'y ai été un peu fort… Je me sens coupable, mais le mal est fait. Il faudra qu'elle s'endurcisse ! De toute façon, si tout va bien, je ne serai pas ici très longtemps. Pauvre Dracule, il doit s'ennuyer de moi…

— Donne, dis-je, au bout de ma patience. J'ai un autre cadre quelque part dans mes affaires. Ça te va ? Au fait, elle s'appelle comment ?

— Miranda.

— Elle est encore en vie ?

— Oui…

— Elle habite près d'ici ?

Marie-Douce secoue la tête en regardant ailleurs.

— Elle est à Las Vegas… euh… Elle est passionnée par ce qu'elle fait, c'est une artiste.

— Donc, pas beaucoup de temps pour toi, han ?

Comme mon père. Lui, militaire, jamais là. Elle, artiste, jamais là. Suis-je en train de nous trouver des points communs ? *Stop !*

Elle renifle en me gratifiant d'un sourire faible. J'avoue, ce n'était pas très *cool* de pointer l'évidence. On dirait une enfant de cinq ans qui a échappé sa boule de crème glacée à la fraise par terre. Par chance, je trouve un autre cadre sans image qui a les bonnes dimensions. Voilà, le portrait de madame Brisson a une nouvelle maison avec une nouvelle vitre. Par la suite, un à un, je colle mes *posters* colorés de gris, de noir et de rouge sur les murs que je me suis appropriés. Avec mes idoles des années 80, l'atmosphère de cette chambre vient de basculer. Finie la déco quétaine. Sur mes murs en tout cas. Si mes copines viennent à passer, je n'aurai pas l'air trop niaiseuse.

— Qu'est-ce que t'as d'autre ? demande-t-elle d'une voix hésitante.

Pauvre Marie-Douce, elle a l'air traumatisée, mais ne proteste pas… Au lieu de chialer, elle change de sujet. Je suis un peu prise de court.

— Euh, pas grand-chose…

Elle a visé mon second sac, celui qui contient mes coussins multicolores. Un vert lime, un noir, un rose, un blanc, un picoté blanc sur noir, un autre au motif peau de vache, un autre au motif zébré…

— Oh, Laura, c'est vraiment trop *cool* !

— Ouais, ça torche, han ?

Je ne parle jamais comme ça. Jamais ! Pourquoi maintenant ? C'est l'effet que Marie-Douce me fait, on dirait.

— Tes *posters* changent pas mal le *look* de la chambre. Je suis sûre que papa va flipper…

Encore le papounet !

— Hé ! C'est la chambre de ton père ou notre chambre ?

Et t'as encore rien vu, j'ai d'autres projets ! Hé hé ! Où est la peinture rouge ?

Elle fronce les sourcils. A-t-elle lu dans mes pensées ?

— Notre chambre… mais papa dit toujours que c'est quand même sa maison… c'est lui qui paye…

— Ah ben là ! Il ne pourra pas me dire ça à moi !

— Tu vas faire quoi… s'il enlève tes *posters* ?

S'il OSE ?

— La plus grosse crise que t'auras jamais vue de ta vie, dis-je avec conviction.

— Ça ne marche pas, les crises, avec mon père…

Marie-Douce dit ça parce qu'elle ne me connaît pas…

— De toute façon, dis-je, la vérité c'est que nous ne resterons pas longtemps.

Déçue, Marie-Douce ouvre les yeux si grands que j'échappe un soupir coupable. Je suis une bonne menteuse, une excellente raconteuse d'histoire, et j'improvise bien. Toutefois, quand je fais mon petit numéro à un public aussi innocent que Marie-*Doucinette*, j'ai un minuscule pincement de culpabilité. C'est trop facile… Marie-Douce croira sur parole n'importe quelle connerie que je lui lancerai. C'est vrai que mon plan est de ne pas rester ici, mais c'est loin d'être celui de ma mère… et c'est elle qui décide et non moi, à mon grand malheur.

Je m'assois sur son lit, alors qu'elle me suit sur l'édredon fleuri.

— Tu vois, ma mère attend que mon père revienne. On est ici pour l'instant, mais c'est temporaire.

Temporaire parce que je ferai tout pour que ça ne fonctionne pas, cette nouvelle famille reconstituée ! Je suis prête à n'importe quoi pour retrouver mon chat ! Et papa… que va-t-il devenir lorsqu'il reviendra au pays ? Il faut que je libère maman des griffes d'Hugo Bissonnette !

— Non, Laura, je crois que tu te trompes.

— N'espère pas quelque chose qui n'arrivera pas, Marie-Douce. Je suis ici pour pas longtemps.

— Mon père s'arrangera pour garder ta mère auprès de lui, tu vas voir.

— J'en doute…

— C'est ce que tu souhaites ? Je veux dire, t'en aller vite ?

Non ! Prends pas ma main ! Je ne t'aime pas ! T'es pas mon amie !

Mal à l'aise, je retire mes doigts des siens, puis j'explose d'une voix hurlante :

— J'en sais rien, Marie-Douce ! Pour l'instant, je suis là. T'as l'air d'être contente et pour être honnête, je ne comprends pas pourquoi ! Je ne voulais pas déménager ! Je ne voulais pas partager ma chambre, ni me débarrasser de Dracule ! C'est pas moi qui ai décidé de venir vivre ici. C'est pas un *pyjama party*. Laisse-moi défaire mes boîtes en paix, OK ?

Le regard allumé et plein de confiance de Marie-Douce s'éteint d'un coup sec. D'où tirait-elle cet espoir de nous voir devenir les meilleures amies du monde ? Je me sens vide, je me trouve méchante, mais je n'ai pas d'autres choix. Ça n'aura pris que quinze minutes pour que je me fâche.

— OK, dit-elle.

Puis, comme si elle était incapable de s'en aller, elle se retourne.

— Tu sais, Laura, on n'est pas obligées d'être amies. Mais ne crie plus jamais après moi.

Puis, elle sort, la tête basse, fermant la porte derrière elle avec douceur.

Zut, elle est sensible, fragile et gentille.

Ce sera comme faire la guerre à une petite fleur. C'est gagné d'avance…

Ou pas! Mon pire ennemi sera mon cœur trop tendre.

Une idée soudaine me donne espoir. Maintenant qu'elle a compris que notre amitié est impossible, peut-être acceptera-t-elle de soutenir mon projet? Je tire la poignée d'un coup sec.

– Marie-Douce! Attends!

Comme elle allait descendre, elle se retourne vers moi. Son regard est à la fois triste et intrigué.

– Quoi?

Je lui fais signe de revenir dans notre chambre et referme la porte derrière elle.

– Qu'est-ce qu'il y a?

– Écoute, hum, Marie-Douce… J'aimerais que tu m'aides.

Elle croise les bras, sourcils levés. Elle semble méfiante. Oups!… Elle n'est pas si naïve…

– À faire quoi?

J'hésite quelques secondes. C'est une grosse demande que j'ai à lui faire. J'inspire et je me lance:

— À séparer nos parents.

Elle me sert un regard horrifié avant de laisser s'échapper de ses lèvres une longue expiration. Sa résistance me surprend. Il me semble que si j'étais à sa place, je sauterais sur l'occasion de me débarrasser de moi !

— Ma réponse est non. Triple NON !

Des plaques rouges se dessinent sur sa peau d'ordinaire si pâle. Ses yeux bleus sont maintenant presque noirs. Je rêve ou ses narines se gonflent ?

Je tombe aussitôt en mode « panique ». Cette fille ne comprend rien à rien !

— Pourquoi pas ?

— Parce que t'es qu'une égoïste, Laura St-Amour. Je ne détruirai pas le bonheur de mon père pour tes petites manigances ou tes humeurs ! T'es pas contente d'être ici ? C'est pas mon problème ! Fais comme moi et ENDURE !

Sur ce, elle sort et cette fois, elle claque la porte avec une violence que je ne lui connaissais pas.

Bon… le message est passé ! La guerre est déclarée.

Ma mission est donc claire. Je dois à tout prix faire en sorte que ma mère quitte Hugo Bissonnette, qu'elle retrouve mon père et que ma vie reprenne là où je l'ai laissée il y a deux ans. Avant le départ de papa.

Pour papa, pour Dracule, je suis prête à tout.

Aucune règle, aucune limite ne s'appliqueront.

Pauvre Marie-*Perdante*, je ne voudrais pas être à sa place.

Comme le disait souvent mon père : « Dans toute bonne guerre, il y a des victimes. »

Chapitre 4

Silence d'enfer

En temps normal, le vendredi soir, mon père vient toujours me border vers 21 h. Il s'assied sur mon lit et nous discutons des événements de la semaine, de ma vie, de la sienne, des choses qu'il n'a pas appréciées, de mes bons coups et tout le reste. Je lui parle de mes soucis, de mes inquiétudes. Oh, je me garde des secrets! Une fille a droit à son intimité! J'ai treize ans, tout de même. Je suis une ado même si je n'en ai pas l'air.

Ce soir, j'aurais besoin de lui parler de Laura, de ce qu'elle a dit concernant la décoration et du fait qu'elle semble croire qu'il contrôle chaque aspect de ma vie. Ce qui n'est pas vrai du tout. Ou peut-être un peu. Je cherche des exemples qui prouveraient que papa me laisse beaucoup de libertés. Je n'en trouve pas… mais ça ne veut rien dire, c'est juste parce que je n'ai pas d'idées!

L'atmosphère de la chambre est lourde. Laura et moi sommes parties sur un très mauvais pied. Je ne voulais pas claquer la porte, ni lui crier ses quatre vérités, mais c'était plus fort que moi. Pourquoi souhaiterais-je gâcher le bonheur de mon père?

Depuis que Nathalie est dans sa vie, il est plus souriant, plus calme. Je vois dans son regard à quel point il aime sa nouvelle blonde. La vérité, c'est que moi aussi, je m'attache à elle. Nathalie est une femme extraordinaire. Différente de Miranda, ma mère. Pas que Miranda – ma mère ne me laisse pas l'appeler « maman » – soit si mal. C'est juste, euh… différent. Nathalie est plus chaleureuse, et elle est là. Ma mère ne peut pas en dire autant. En plus, Nathalie se laisse appeler « maman » par sa fille. Je n'ai pas ce privilège. Ah et puis, zut ! Je dois être honnête. Ma mère est une peste.

En réalité, je l'apprécie tout de même un peu… sur photo. Tant qu'elle n'est là qu'en image, elle ne peut pas me faire de peine, ni gâcher la vie de papa. Miranda est… spéciale, mettons. Je préfère éviter d'en parler, et continuer à rêver à des scénarios dans lesquels ma mère agit comme Nathalie, la mère de Laura. Dans mon imagination, Miranda est aimante, douce, à l'écoute et ne pense pas qu'à elle… J'aime laisser croire à Laura que ma mère est extraordinaire. Autant que Nathalie, sinon plus !

Il faut que Laura change d'avis. J'aimerais tellement qu'elle accepte d'être mon amie. Est-ce que c'est peine perdue ? Je ne sais pas… Mon père me dit souvent : « Tu sais, Marie-Douce, sois longue à te faire des amis, mais sois encore plus longue à t'en défaire. » La vraie amitié ne peut pas se construire en un clin d'œil. Il faut de la patience. Avec Laura, j'ai l'impression que ça prendra davantage que de la simple patience. J'aurai besoin d'une bonne dose de courage… et d'ingéniosité.

Dans le noir presque complet de la pièce, je n'ose pas mentionner que mon habitude est de laisser la porte entrouverte et que je garde une veilleuse allumée toute la nuit. Si j'en parle à Laura, est-ce que je vais passer pour un bébé? Oui, très certainement. Je me glisse sous mes couvertures, me recroqueville en petite boule sur mon matelas et j'attends que le sommeil m'emporte.

Bien sûr, je n'arrive pas à fermer l'œil. Laura non plus ne s'endort pas. Elle se tourne et se retourne sous sa couette. Laquelle de nous parlera en premier? Pas moi, il ne faut pas que ce soit moi…

— Marie-Douce, est-ce que tu dors?

La voix de Laura résonne dans la chambre comme une fanfare de bonheur à mes oreilles. Serait-il possible qu'elle ne soit pas rancunière après tout? Je suis si énervée que je me racle la gorge avant de lui répondre.

— Non…

— C'est toujours silencieux comme ça, ici?

Je trouve la question bizarre, mais j'y réponds tout de même.

— Le silence te dérange?

Je l'entends se retourner et faire bouger ses couvertures.

— C'est con, laisse faire. Bonne nuit.

Je me redresse sur mes coudes, je dois en savoir plus. Plus je la fais parler, plus j'augmente les chances d'améliorer notre relation, non ?

— C'était bruyant, chez toi ?

Toujours dans le noir, je l'entends se glisser sur le dos. Elle met de longues secondes à me répondre.

— Il y avait le train qui passait souvent, finit-elle par raconter. C'était presque aux heures. Les rails étaient si près de chez nous que la bâtisse tremblait au passage des wagons. Il y avait aussi la télévision de ma mère. Elle dormait dans le salon. Elle n'avait pas sa propre chambre, l'appartement était trop petit. Et les murs étaient minces. On pouvait entendre les voisins se chamailler. En plus, comme on était près du boulevard, le bruit des voitures était constant. Il y avait aussi Dracule qui jouait avec une balle dans la baignoire. Il faisait un bruit d'enfer pendant des heures si on ne l'arrêtait pas.

Alors que je viens de prendre conscience à quel point nos vies sont différentes, elle se met à rire tristement.

— Je comprends…

— Non, Marie-Douce, tu ne peux pas comprendre.

Je vois sa silhouette se redresser dans son lit. Elle semble énervée. Je suis soulagée de ne pas voir l'expression de son visage. J'essaie de me faire rassurante.

— Tu vas t'habituer. Ça doit faire du bien de ne plus entendre les voisins, non ?

— Marie-Douce, t'as rien compris ! Tu ne vois pas que malgré tout le luxe que vous avez ici, je préfère tout de même retourner dans mon taudis ? Vas-tu finir par me prendre au sérieux ?

Chapitre 5

Paresse et manigances...

J'ai survécu à ma première nuit ici. Je peux même dire que j'ai mieux dormi que dans mon ancienne chambre. Au petit matin, j'ai eu un doute. Je croyais que nous avions déménagé mon vieux lit pour me rendre compte, en soulevant le drap contour, que je venais de passer la nuit sur un matelas flambant neuf. Hier soir, j'avais les idées si embrouillées par ma colère que je n'ai même pas remarqué! Devrais-je donc aller dire merci à Hugo? Ça ne peut venir que de lui! Il n'en n'est pas question, je ne lui ai rien demandé.

Quelle équipe d'enfer ils font, tous les deux, Marie-Douce et son père! Ils apprendront très vite que leurs élans de bonté ne changeront pas ce que j'ai sur le cœur.

Aujourd'hui, c'est samedi, je n'ai pas besoin de me lever. Pourtant, j'ouvre un œil paresseux sur mon réveille-matin : 6 h 33. Je saisis mon iPod et d'un doigt un peu imprécis, j'écris à Érica.

Laura12
Première nuit, pas pire. Marie-Douce ne ronfle pas. Appelle-moi tantôt!

Je ne reçois pas de réponse. Ce n'est pas surprenant, Érica doit encore dormir. Je referme les paupières, heureuse de pouvoir le faire sans avoir ma mère sur le dos.

À peine quelques minutes plus tard, un BIP BIP BIP me fait bondir de mon oreiller. Je vois une main appuyer sur le bouton du réveille-matin de Marie-Douce.

— C'est une blague ? C'est samedi matin, Marie-Douce, ferme ça !

— Ça y est, il est fermé, fait-elle de sa voix aiguë.

Je crois halluciner. Elle se lève pour sortir de la chambre sur la pointe des pieds. Je suis certaine qu'elle se recouchera, mais, euh, qu'est-ce qu'elle fait ? Elle s'habille ? Elle est folle !

— Marie-Douce, il est même pas 7 h, couche-toi !

— Dors, Laura. Moi, je vais au cours de ballet, annonce-t-elle.

— Tu y vas le samedi matin ?

— Je vais au ballet très souvent.

Malgré mes intentions très claires de dormir tard, je me réveille un peu plus. Je m'appuie sur les coudes.

— As-tu un peu de temps pour ne rien faire ?

Marie-Douce m'adresse un sourire vague.

— Bien sûr, lorsque je ne suis pas au ballet ou au karaté.

— Est-ce que t'as d'autres activités tout aussi palpitantes ?

OK, je l'admets, ça, c'était sarcastique.

— J'ai aussi des cours de chant et de piano… m'énumère-t-elle. Mais ceux-là ne recommencent qu'à l'automne.

— Arrête, tu me donnes mal à la tête…

Et puis quoi encore ? Cette fille va me faire passer pour une bonne à rien. Le bon côté, c'est que je ne la verrai jamais dans cette chambre, ce qui constitue une excellente nouvelle en soi.

— C'est ça… Continue de dormir, ça va te mener loin dans la vie. Je serai de retour vers 11 h.

Je n'ai aucune réponse à ça. Elle m'a bouchée. Je me sens conne ! Je dois déguerpir avant qu'elle revienne. Justement, Corentin et moi, nous avons du flânage au parc à rattraper. Je me lève pour m'habiller en vitesse. Je n'arrive pas à trouver mon chandail noir, celui avec Duran Duran sur le devant. Ma mère a dû le mettre dans une de ses boîtes. Elle le porte parfois, elle dit que ça lui rappelle sa jeunesse. Il est un peu serré sur elle… mais je n'ai pas osé lui dire. Chère maman, elle ne peut pas être parfaite tout le temps ! Je décide de mettre mon t-shirt vert.

Ça va faire l'affaire. C'est celui avec l'image assez *cool* de Kermit, la grenouille.

Je débute donc, moi aussi, ma journée très tôt. J'ai une mission « séparation de parents » à planifier !

***

Je l'avoue, je suis paresseuse. Une fois habillée, mon lit me rappelle et je me vautre sous la couette. La porte de ma nouvelle chambre s'ouvre vers 9 h 30 sur ma mère, un foulard rouge sur la tête, le rose aux joues. Elle est trop de bonne humeur, ça m'inquiète. Plus ma mère est heureuse, plus longtemps nous resterons ici, et plus il sera difficile de mettre mon plan à exécution. Si je n'agis pas rapidement, bye bye les chances que mon père revienne, et la fameuse et introuvable Sylvie Tremblay adoptera Dracula pour toujours.

Puisque personne n'écoute ce que j'ai à dire sur notre récent emménagement, je me demande si un peu de sabotage n'aiderait pas ma cause… Cependant, ma mère est si adorable lorsqu'elle sourit que je ravale mes mauvaises pensées. Pour l'instant du moins.

Elle s'assied au bout de mon lit comme elle le fait depuis toujours. Elle regarde autour de nous :

le plafonnier aux cristaux brillants, les baldaquins du lit de Marie-Douce, les murs roses, la poupée Barbie, les fées de céramique, les livres, les toutous, les trophées, les médailles…

— Hum! T'es pas dans ton élément ici, n'est-ce pas, Laura?

Je prends un air de dégoût.

— M'man, franchement… T'as rien écouté de ce que j'essaie de te dire depuis des jours! Je ne voulais pas déménager. Je me sens mal, ici. Marie-Douce essaie d'être gentille, mais ça ne fonctionne pas. Elle me tape sur les nerfs. Papa me manque… et toi, t'es toujours avec Hugo depuis que tu l'as rencontré. Il n'y a plus rien de pareil. Et je m'ennuie de mon chat!

J'essuie mes yeux du revers de mes mains avant de laisser tomber mes bras sur mon matelas.

— De toute façon, on n'est pas ici pour longtemps, n'est-ce pas?

Ma mère défait son foulard. Une cascade de cheveux bruns dévale sur son dos qu'elle tient très droit. Ses mains déjà bronzées malgré que l'été n'ait même pas encore débuté attrapent sa tignasse en une queue de cheval improvisée.

Elle fait toujours ça, le samedi matin. Elle attache ses cheveux, revêt un foulard ou un bandeau, et ne porte aucun maquillage. Peu importe, elle est belle n'importe comment.

Je dois me rappeler de me tenir le dos droit, moi aussi. J'ai tendance à me courber. C'est un peu à cause de ma poitrine : la plupart des filles de mon âge ne sont pas aussi «développées». Je n'aime pas qu'on me regarde *là*, ça me gêne. «Tiens-toi droite!» me répétait papa. «Oui, mon général!» lui répondais-je en riant avec un salut militaire. C'est fou ce qu'il peut me manquer... Papa, où es-tu donc?

Alors que je suis perdue dans mes souvenirs, la voix de ma mère me ramène à la réalité.

— Laura, commence-t-elle, ne pars pas avec l'idée qu'on va s'en aller d'ici.

Je me tortille dans mon lit, fixant du regard les cristaux du plafonnier. Je me demande s'ils vont s'entrechoquer si je souffle. Je teste la chose d'un long souffle qui ressemble davantage à un soupir profond, montrant par le fait même à quel point je m'ennuie. Les propos de ma mère ne m'affectent pas vraiment. Ce qu'elle est en train de dire, je l'ai déjà entendu.

— De toute façon, si j'aime pas ça ici, j'ai juste à appeler papa. J'appellerai l'armée canadienne, pour leur dire que sa fille est malade ou quelque chose. Il reviendra si c'est grave, non ?

Des mots inutiles, j'en suis consciente…

Ses lèvres se serrent, on dirait qu'elle cherche ses mots. Je suis convaincue qu'elle attend, elle aussi, que mon père réapparaisse à la porte, réclamant sa femme et sa fille.

— Laura… t'es consciente qu'on ne peut pas joindre ton père où il est, même si t'inventes des histoires ?

Je fais oui de la tête sans la regarder.

— Maman…

— Oui, Laura ?

— Si papa est blessé un jour, et qu'il a besoin de nous, qu'est-ce que tu vas faire ? Son travail est dangereux !

Cette question me hante depuis longtemps. Aller à la guerre, c'est risqué, plusieurs en reviennent maganés. J'ai peur pour mon père, ça me réveille la nuit. Ma mère ferme les yeux en inspirant longuement. Sa bouche forme une ligne droite, je viens de l'atteindre en plein cœur. Tout n'est pas perdu.

— Ton père et moi ne formons plus un couple. Nous sommes séparés. S'il revient blessé, ton oncle Charles s'en chargera. Pas moi.

Elle sourit en glissant une main sur mes cheveux.

— Mais tu sais, ton père est doué, je ne suis pas inquiète pour lui. Je comprends que tu y penses souvent et je suis désolée que ce soit comme ça. Une fille a besoin de son père, c'est normal. Je serai toujours là pour toi, tu le sais, ça, n'est-ce pas ?

Je hoche la tête, le cœur dans la gorge. Je dois retenir mes larmes.

— Mais t'aimes papa, je le sais.

— Plus de cette façon, ma chouette.

Je ferme les yeux. Ma mère est confuse, j'en suis convaincue. Ma mission est désormais encore plus importante, mais d'autant plus difficile !

— Laisse-moi dormir encore, s'il te plaît, dis-je, la voix rauque.

— Encore une petite heure. Ensuite, j'ai besoin de toi à la cuisine.

Lorsque ma mère sort, je recale ma nuque dans mon coussin vert lime. Une heure de solitude… Enfin.

***

— Il faut que j'agisse vite ! dis-je, en lançant un caillou dans une flaque d'eau. Plus longtemps je laisse les choses aller, plus cette famille va m'engloutir!

Je suis seule avec Corentin. Je lui parle de Dracule pour la cinquantième fois. Je lui explique à quel point il me manque; je lui raconte dans les moindres détails de quoi il a l'air, avec son pelage noir et son œil gauche entouré de blanc. Je lui raconte tout ce que je sais (c'est-à-dire, pas grand-chose!) de cette mystérieuse Sylvie Tremblay que je n'arrive pas à trouver sur Internet. J'aimerais tant rendre visite à mon chat! Ma mère refuse, convaincue que ça me ferait trop de peine de m'en séparer de nouveau. Mon Dieu, j'espère qu'elle ne me raconte pas des mensonges et que mon chat va bien.

C'est aussi une des rares fois où je mentionne Marie-Douce en la présence de Corentin. La plupart du temps, j'essaie de faire comme si l'existence de ma magnifique fausse demi-sœur était pure fiction.

— J'aimerais que tu fasses quelque chose, Corentin.

Il me regarde, intrigué. Il n'a aucune idée où je veux en venir.

— Quelque chose comme quoi? demande-t-il.

J'hésite un peu… Comment formuler ma demande sans que ça sonne trop méchant? Je décide d'aller droit au but!

— Tu peux t'arranger pour qu'elle fasse un mauvais coup?

Il fronce les sourcils. Je lis de la méfiance dans son regard, je n'aime pas ça!

— Tu veux dire des conneries? Quel genre? demande-t-il.

— J'sais pas, tu dois bien avoir des idées, non? Arrange-toi pour qu'elle se mette dans le trouble.

— Tu veux dire dans la merde? Tu veux qu'elle ait des problèmes, c'est ça?

Corentin reformule souvent mes propos pour être certain de bien me comprendre. J'ai un peu hâte qu'il apprenne à parler le québécois comme du monde… soupir…

— Oui. J'essaie de trouver une façon…

Son expression change, son regard se voile, il semble serrer les lèvres. Il est fâché ou quoi? Je nous croyais complices!

— Même si elle ne t'a rien fait?

— Hé, dit comme ça, tu me fais paraître méchante…

— C'est pas vrai?

— Arrête, t'es pas parfait!

Moi qui étais si heureuse d'avoir trouvé un allié, mais là, à voir son expression, je n'en suis plus aussi sûre…

— Personne ne l'est, mais moi je ne fais pas de mal à mes potes volontairement !

— Marie-*Doudoune*, c'est pas mon « pote », comme tu dis ! Écoute, je dois arriver à provoquer une guerre entre nous. Il faut qu'elle veuille se débarrasser de moi ! Si on la met dans le trouble et qu'elle apprend que c'est de ma faute, elle m'haïra assez pour m'aider à bousiller la relation de nos parents ! Tu comprends ?

— Pas génial ton plan. Et puis, pourquoi tu ne demandes pas à Érica de t'aider ? Elle va s'en faire un plaisir, c'est plus son genre…

— Arrête, je ne veux rien demander à Érica, elle ira tout raconter ! Avec toi, par contre, ce sera génial. T'es mon seul espoir.

— Quand même…Ça ne se fait pas, insiste-t-il.

— Ah, et puis laisse donc faire !

Alors que je me relève, frustrée et déçue, il m'arrête d'une poigne solide.

— Ça y est, je sais ! affirme-t-il.

Ah ! Quel soulagement ! Pendant quelques instants, j'ai cru qu'il ne m'aiderait pas !

— Quoi ? Quoi ?

Il me sourit de ses dents blanches.

— Fais-moi confiance !

J'agrandis les yeux, soudain nerveuse.

— Tu ne la touches pas, d'accord ? Pas de bles-sure physique !

Il éclate de rire.

— Bien sûr que non ! Pour qui tu me prends ? Tu veux qu'elle te déteste au point de ne plus jamais te parler, j'ai bien pigé ?

— Oui, t'as bien « pigé », comme tu dis !

J'aime le taquiner avec ses expressions *françaises…*

— OK, compte sur moi.

— Ne lui fais pas croire que tu l'aimes pour lui faire de la peine.

Corentin secoue la tête, comme s'il était découragé.

— Si tu savais… marmonne-t-il.

— Quoi ?

— Rien. Bon, je dois y aller ! Mon père m'attend pour… euh… manger !

J'évacue un grognement d'impatience.

— Corentin, ton père ne t'attend jamais pour souper ! Tu ne serais pas en train de te défiler, là ?

Je panique pour vrai. Son attitude envers moi semble avoir changé du tout au tout. Il se tient plus loin, me regarde avec froideur… Ah! Comme j'aimerais lire dans ses pensées. Il me rend nerveuse.

— Ciao, Laura…

— Hé! Tu ne peux pas partir comme ça!

La vie est bien faite, tu verras!

Sa dernière phrase, vide de sens, me rend encore plus nerveuse. Mon ami glisse ses mains dans ses poches et me quitte en sifflotant. Je le regarde partir, puis je me rends compte qu'il ne m'a pas informée de ses plans.

— Hé! Tu m'as pas dit ce que t'allais faire!

Chapitre 6

Une ogresse dans ma chambre !

Avant l'arrivée de Laura, certains jours je trouvais difficile d'être tout le temps à la course, à danser et à répéter des katas[2]. Cette semaine, je dois avouer que je suis heureuse de pouvoir déguerpir, même un samedi matin.

Je n'ai pas dormi de la nuit. Avec Laura à quelques mètres, j'ai évité de bouger ou de tousser, de peur de recevoir un autre de ses commentaires blessants.

Ce n'est pas une si bonne chose, tout compte fait, d'avoir une demi-sœur.

On dirait qu'il y a un monstre dans ma garde-robe, et que celui-ci a désormais un lit et des meubles.

Je vis avec Shrek.

Depuis ces quelques heures où Laura a pris possession de la moitié de ma chambre, elle n'a pas mis que des *posters* sombres sur les murs; la pièce est sens dessus dessous. Pour une fille qui ne veut pas s'installer, on croirait qu'elle a planté son drapeau de conquérante. On dirait le marécage de l'ogre vert.

Je suis habituée à l'ordre et à la propreté. Dans mon univers, chaque chose a sa place, tout est

---

2. Séries de mouvements de karaté.

toujours parfait. J'avais tout organisé à mon goût. Je dois ressembler à mon père…

Avec les années, j'ai pris soin des objets que je voulais garder en souvenir. Chaque cadeau venant de ma mère était d'autant plus précieux du fait qu'elle n'est pas très présente dans ma vie.

Ma mère est une artiste. Elle voyage avec le Cirque du Soleil depuis aussi loin que je puisse me rappeler. Je crois qu'elle ne voulait pas d'enfants, que c'est mon père qui a tenté de l'attacher à une maison et à une famille.

Laura et moi avons au moins un point en commun. Nous avons toutes les deux un parent absent. Un parent qui a autre chose à faire de sa vie qu'être avec nous.

Je ne sais pas ce que fait le père de Laura, dans sa vie loin d'elle, mais je sais que ma mère à moi fait de grandes choses, même si je n'en vois la couleur qu'une fois par année, quand je vais assister au spectacle. C'est là que je vois Miranda dans toute sa splendeur, accrochée à ce qui ressemble à un ruban de soie. On dirait qu'elle vole.

Si un jour je deviens comme elle, je n'aurai pas d'enfant, car vivre sans mère, c'est trop poche.

Chapitre 7

La liste infernale

Je n'aurais pas cru dire ça un jour, mais Dieu merci, la fin de semaine est terminée. Je l'affirme une fois pour toutes, ma mère avait raison : avoir un chien, c'est l'enfer.

Trucker a mangé mes Converse. Jusqu'au caoutchouc de la semelle. Il n'a laissé qu'un bout de toile et mes lacets verts. Une chance que j'en avais une autre paire dans une boîte !

— Il ne fallait pas laisser traîner tes souliers, me dit Hugo.

— Ils étaient dans le hall d'entrée ! Sur le tapis à bottes !

— C'est un tapis décoratif, pointe Marie-Douce.

Je pose les yeux sur la carpette grise, laide, puis sur Marie-Douce. Je cligne les paupières plusieurs fois. Maintenant, j'en suis certaine, c'est une maison de fous.

— Tu me niaises ?

À la façon dont la fille et le père se regardent avant de me dévisager, j'ai l'impression de descendre de Jupiter.

— M'man, c'est une *joke* ?

— Hum, on doit te parler, Laura.

Nous sommes dimanche soir, quarante-huit heures après notre emménagement. Ma mère me regarde comme si j'étais une enfant prise en faute.

Ça va de mal en pis. Ce n'est plus « elle » qui veut me « parler », ce sont EUX !

— Qui ça, « on » ?

— Ta mère et moi, lance Hugo en faisant un bref signe de tête à Marie-Douce pour qu'elle sorte de la pièce.

Elle prend une dernière bouchée pour vider ce qui restait de son assiette et se lève sans rouspéter. Je crois qu'elle a presque fait une petite révérence avant de sortir. Je suis dans un cauchemar, je vais me réveiller…

Nous sommes dans la salle à manger. Je suis assise à ma nouvelle place, Hugo et ma mère sont l'un en face de l'autre, à chaque bout de la table.

Parce que je dois le mentionner : il y a une « place » précise pour chacun de nous. Marie-Douce et moi sommes face à face, nos parents aussi. Ma mère appelle ça un cercle d'amour. On n'est là que depuis deux jours et les repas en « famille » sont déjà sacrés ? Ma mère est tombée sur la tête ! J'espère que le plan de Corentin fonctionnera. Il le faut… Je n'ai eu aucune chance, ils m'ont capturée vivante.

Hugo est assis à ma gauche, ma mère à ma droite. La place de Marie-Douce est vide, puisque, à la suite de sa révérence, elle a eu congé de cette scène tout droit sortie d'une série télévisée des années 60.

— Ici, il y a des règles, commence Hugo.

Au secours !

Avant qu'il n'ouvre le sujet, j'avais le dos courbé, je jouais avec ma fourchette dans mon assiette presque vide. Dès que le mot *règle* est sorti de la bouche de mon faux beau-père, ma tête s'est relevée, mes oreilles ont bouilli, mes pupilles se sont dilatées et, par miracle, mon dos s'est redressé.

Oh, là je me tiens droite ! Et ce n'est pas par obéissance, mais bien pour assurer ma survie. J'ai l'impression que si je me redresse, je serai plus forte pour affronter le ridicule de cette situation ! *Des règles…* Je n'ai jamais eu à suivre de règles avant !

— M'man ? je demande d'une voix terrifiée, tournant mon attention vers ma mère.

— Écoute, ma chérie, il faut que nous établissions notre nouvelle façon de vivre en harmonie avec Hugo et Marie-Douce.

Je vais lui en chanter, une « harmonie », moi ! Mais je suis trop bouleversée pour parler. J'attends donc la suite de leur tirade. Ensuite, j'attaquerai.

— Nous comprenons que tu viens de déménager, Laura, et que tes affaires sont encore dispersées, commence-t-il. Mais ici, on ne laisse rien traîner.

— C'étaient mes souliers que j'ai retirés pour ne pas salir votre *beau* plancher ! dis-je, entre mes dents, accentuant le mot *beau* comme s'il me puait au nez.

— Je ne parle pas que de tes souliers. Tu laisses des traces partout où tu passes. La chambre de Marie-Douce a toujours été impeccable. On aimerait que tu respectes son environnement.

Ma mère sort une espèce de grand carton blanc. J'y vois des lignes, des mots… des règlements ?

Oh mon Dieu ! Le tableau de la terreur ! Il y en a un semblable chez Érica. Le cauchemar total !

— Nous avons donc établi une liste de règles à suivre pour préserver l'ordre dans la maison.

Dois-je en croire mes oreilles ? Où suis-je donc atterri ? De notre logement plus modeste avec ma mère qui me laissait vivre tranquille, avec qui je faisais le ménage les samedis matin, musique dans le tapis, nos brosses à cheveux comme microphones, je suis passée à *ça* ? Me faire dire que je suis soudain devenue une traîneuse qui empiète sur le territoire de la princesse ?

Mon regard fait une rapide lecture diagonale de la liste. L'écriture de ma mère, avec ses belles lettres cursives étalées sur le carton, me fait mal aux yeux.

C'est le massacre de ma vie.

Tout objet qui traîne sera confisqué, sauf ceux nécessaires pour l'école. Ceux-là seront récupérables moyennant une corvée déterminée et obligatoire.

Le lave-vaisselle doit être vidé à tour de rôle. Laura, les lundi, mercredi et vendredi. Marie-Douce, les mardi, jeudi et samedi.

Le bac de récupération doit être sorti dès qu'il est plein.

Le lavage des vêtements se fera en équipe. Marie-Douce et Laura devront négocier un mode d'organisation.

Il est interdit de crier ou de s'insulter.

Il est interdit de mentir.

La propreté de la salle de bains commune doit être maintenue chaque jour, au fur et à mesure.

L'utilisation des objets électroniques sera surveillée (tous les objets confondus : télévision, iPod, ordinateur, Xbox, même le téléphone). Nous avons le contrôle du Wi-Fi, le mot de passe peut être modifié sans avertissement en cas d'abus.

Les devoirs devront être faits chaque soir dès votre arrivée.

Pas d'amis dans la maison les soirs de semaine, sauf permission spéciale.

Pas d'amis ? !

Que vais-je donc pouvoir dire à Érica et aux autres filles ? D'ailleurs, ça me fait penser qu'elle n'a toujours pas répondu à mon texto d'hier matin. Je m'excuse pour aller aux toilettes.

De là, je lui réécris :

Laura12

Hé, encore moi. T'es où ??? Gros drame ici, ils sont fous ! Ils ont inventé une liste de règlements capotés ! Pas le droit de recevoir d'amis à la maison les soirs de semaine. Wi-Fi contrôlé ! Je dois laver mon linge moi-même ! Aarrrgh ! S.O.S.

ÉricaLove

Désolée, pas eu le temps de te répondre. Je vais chez une amie ce soir, on va regarder le DVD de Full Power, donc, pas besoin d'aller chez vous. On se parle demain pour ton S.O.S.

P.S. : Mets des Ex-Lax dans la bouffe de M.-D. C'est pas gentil, mais ça fait la job. Haha ! #joke

P.P.S : T'en fais pas trop avec les règlements, les parents finissent toujours par oublier de les faire appliquer.

Je relis le message d'Érica trois fois pour être sûre d'avoir bien lu. Elle va chez une amie ? Quelle amie ? Et c'est quoi ça, « pas besoin » d'aller chez nous ? Elle se servait de moi quand elle venait flâner chez nous ? Ça ne sent pas bon, cette histoire-là, pas bon du tout !

Je me retrouve donc au milieu de plusieurs situations irritantes : Marie-Douce qui m'énerve, Érica qui me répond des n'importe quoi pas le *fun* et ma mère qui décide du jour au lendemain de changer du tout au tout. Quand j'habitais seule avec elle, c'était souvent chez nous, dans notre appartement minuscule, qu'on se retrouvait, Érica et moi. Ma mère ne disait pas un mot. Ah non ! Ça, c'est le boutte du boutte, elle est devenue une étrangère qui se laisse influencer par son nouveau chum ! Je pense que je vais pleurer… les larmes montent, je les sens…

Sans blague, ces règles sont plus tordues les unes que les autres. À cause de cette liste, je suis plus que jamais déterminée à saboter cette soi-disant nouvelle famille reconstituée !

Je reviens à la cuisine encore plus énervée qu'en la quittant. Je me rassieds devant ma mère et Hugo. J'essaie de garder mon calme et je lève le menton, défiante.

– Aucun problème avec votre liste, dis-je en retenant ma frustration, avant de ressortir sans avoir ramassé mon assiette sale.

De ça aussi, j'en entendrai parler…

***

Je claque la porte de la chambre de Marie-Douce. Ah oui, parce que c'est bien *sa* chambre ! Pas la mienne, c'est clair.

Je suis Cendrillon et j'ai une vilaine demi-sœur qui me fera faire du ménage.

Mes larmes ont presque atteint mes yeux, mais je les ai vite ravalées dans le fond de ma gorge, car s'il y a une chose qui ne peut arriver, c'est bien de laisser Javotte voir ma peine.

Javotte[3]. Ah, ça lui va bien, à ma vilaine demi-sœur !

– Tu veux que je sorte ? demande-t-elle.

En gestes brusques et exagérés, je ramasse mes affaires pour les rassembler dans mes boîtes. Je redescends à la cuisine, je prends le rouleau de ruban adhésif, je remonte les marches deux à la fois.

---

3. L'une des demi-sœurs de Cendrillon dans certaines versions du conte.

— Qu'est-ce que tu fais, Laura ? demande encore Marie-Douce.

— D'après toi ? Je refais mes boîtes, c't'affaire !

Une petite main tombe sur mon bras. Je remarque qu'elle a encore changé de vernis à ongle. Du rose picoté de gris. Ben oui ! Pourquoi pas ? Pfff, c'est super laid.

— Pourquoi ?

Je me retourne pour la dévisager. Difficile de croire que nous avons le même âge. Elle est si minuscule à côté de moi, et rose, et … Oh mon Dieu, elle sent la fraise ! Je suis dans la chambre de Fraisinette ! À l'aide !

— T'as combien de questions niaiseuses comme celle-là, Marie-Douce ? Parce que je ne veux pas vivre ici ! C'est évident, non ?

— Mais tu ne peux pas t'en aller comme ça…

— Oui, je le peux. Je vais appeler mon oncle Charles, il viendra me chercher.

OK, je dois apprendre à mieux mentir. Surtout que mon oncle vit à Saint-Eustache et qu'il déteste les enfants. Il ne viendra pas, c'est certain. Il faudrait le payer cher.

— OK. Alors, laisse-moi t'aider à tout emballer, dit-elle.

Je m'assieds sur le bout de mon lit, vaincue. J'ai l'air d'une folle. D'ailleurs, je crois que c'est ce que je suis en train de devenir.

Demain, c'est lundi. Je viens de me rappeler que je n'ai pas encore commencé à faire mon devoir de français, une compo dans laquelle il faut commenter une histoire d'Agatha Christie.

Madame Lacerte va me tuer. Ça fait trois fois que mes devoirs sont en retard depuis un mois. Ce n'est pas de ma faute si ça ne me tente pas de les faire ! Du coup, j'ai une pensée croche. Je pourrais peut-être trouver le travail de Marie-Douce et… *STOP ! Je n'en suis pas encore là !*

— Laura, m'écoutes-tu ? s'énerve Marie-Douce. Tu veux ça dans quelle boîte ?

On dirait une fille en mission. En mission de se débarrasser de moi, oui ! Aurait-elle enfin compris ?

Je viens de remarquer que Marie-Douce tient mon journal intime OUVERT dans sa main droite. Sa main gauche est posée sur sa hanche.

Personne n'a le droit de toucher à mon journal intime. *Personneeeeuh !* Encore moins de l'ouvrir !

— Où as-tu trouvé ça ? Lâche-le tout de suite !

Je m'élance pour le saisir, mais elle est rapide, la petite grenouille, elle m'évite comme si de rien n'était.

– Il était sur mon bureau, dit-elle, super calme. Il TRAÎNAIT sur MON bureau, précise-t-elle, articulant chaque mot d'un ton accusateur.

– Tu l'as lu ?

Mes yeux doivent être exorbités, car ma voix est stridente.

– Bien sûr que non. Mais à te voir la face, je suis tentée… Qu'est-ce qu'il peut bien y avoir de si intéressant ?

Et sans quitter mon regard, elle fait mine de le feuilleter.

Elle vient de signer son arrêt de mort.

– Lâche ça, ma m⚡☠☀⚡☠☢✖ !

Je suis plus grande, plus forte, mais surtout, je suis plus fâchée qu'elle. Je me rue sur son dos. Lorsque j'atterris sur son petit corps, je constate que je m'attaque à une souris. Devrais-je avoir honte ?

Un seul coup de poing l'enverrait à l'hôpital. Ses petits os se sont courbés sous mon poids. Cependant, mon précieux journal est toujours entre ses mains, collé à sa poitrine. C'est qu'elle ne lâche pas prise, la petite rate !

La lutte dure quelques secondes. On dirait Hulk contre la fée Clochette.

Je suis toujours sur son dos. Elle est pliée en boule. Une petite boule d'os. Elle ne desserre pas les dents, ni n'émet une seule plainte.

Puis, d'une force qui vient de nulle part, je me sens projetée au sol. Marie-Douce s'est relevée. Elle m'a soulevée de terre dans un mouvement qui me semble irréel, et là, elle est sur moi. Elle colle mon journal sur mon épaule.

— Tiens, ton foutu journal, dit-elle entre ses dents. Je n'avais aucune intention de le lire. Crois-le ou non, ta vie de fille gâtée ne m'intéresse pas.

C'est moi qu'elle appelle une fille gâtée ? *Moi ?* Et puis, elle est ceinture de quelle couleur déjà, au karaté, la petite sauterelle ?

Elle se redresse pour replacer le bas de son chandail. Juste avant de sortir et de refermer la porte, elle se retourne.

— Je sais que t'appelleras pas ton oncle, Laura. Je sais qu'il ne veut rien savoir de toi. Qui voudrait d'une malade mentale comme toi ? Si j'étais à ta place, je déferais mes petites valises. T'es pognée avec moi.

Je suis encore au sol, couchée sur le dos sur le tapis rose et mauve au motif de papillons. Avant que je puisse ouvrir la bouche pour protester, elle ajoute :

— À bien y penser, considère plutôt que c'est moi qui suis prise avec toi. Tu feras ton lit, s'il te plaît. Le bordel, ça m'énerve.

Chapitre 8

Bah oumph pouik pouik d'huh !

Oh, mon Dieu ! Qu'ai-je fait ? J'ai mangé du lion ou quoi ? Je ne suis pas comme ça, moi. Proférer des menaces, engueuler quelqu'un. J'ai mis Laura St-Amour au tapis ! Dire qu'il n'y a pas si longtemps, j'étais en totale admiration devant elle ! Je m'ennuie du temps où elle était si parfaite, si intéressante… J'aurais tellement voulu devenir son amie !

J'aurais pu me contenter de me libérer et de sortir de la chambre. J'aurais surtout dû ne pas toucher à son journal. Je l'avoue, j'ai cherché à la mettre hors d'elle en l'ouvrant. Maintenant, Laura me déteste encore davantage.

Je sors de la maison à toute vitesse, laissant mon père et Nathalie surpris devant mon sprint pour me ruer dehors. Tous deux installés en amoureux sur le divan, coupe de vin rouge en main, ils n'ont eu le temps que de relever la tête que j'avais déjà disparu.

Il fait presque noir. Je ne vois que les restes orangés du soleil qui vient de partir pour la Chine. C'est là que j'aimerais être. Très loin de ma maison.

J'irai lui dire que je m'excuse. Ça n'a pas de bon sens. Même si elle est loin d'être un exemple de gentillesse, je n'aurais jamais dû la provoquer comme ça.

Tandis que je marche au milieu de la rue, près du parc, les bras croisés sur ma poitrine, j'aperçois un garçon assis sur une des tables de bois. Il a l'air d'attendre quelque chose ou quelqu'un. Les oreilles couvertes d'énormes écouteurs verts, il tape du pied sur le banc. Mon cœur s'emballe. Que dire s'il me parle? Du coup, je songe au Titanic... *Glou glou glou...*

Dès qu'il me remarque, le beau Corentin Cœur-de-Lion se redresse. Son iPhone lui échappe. D'un geste rapide, il le rattrape par le cordon blanc des écouteurs.

Même si nous sommes dans le même groupe de secondaire 1, nous ne nous connaissons que de vue. Nous échangeons un sourire timide. Je suis déjà assez dans le trouble avec sa chère amie Laura, alors je ne l'approche pas. Avec tout ce qu'elle doit lui raconter dans mon dos, il doit me détester sans me connaître, lui aussi. J'en suis si convaincue que même lorsqu'il me fait signe, je fais mine de ne pas l'avoir vu.

– Tu t'appelles Marie-Douce?

Zut! Je suis passée trop près, j'aurais dû traverser la rue au lieu de longer la colline! Je relève la tête avec maladresse. Je sais que je ferai mon habituel «bah oumph pouik pouik d'huh» au lieu de dire bonjour comme un être humain normal. Je me contente de hocher la tête.

— Il fait froid, je vais rentrer, dis-je, d'une voix enrouée.

— Non, attends! insiste-t-il avec empressement.

Il se lève pour venir à ma rencontre. Comment un garçon de treize ans peut-il être si grand?

— Je suis Corentin, m'annonce-t-il. Je t'ai vue souvent, ça fait longtemps que je voulais te parler. Ça ne te dérange pas, j'espère?

Je me retourne vers la maison, comme si je voulais déterminer d'avance ma cible pour quand je piquerai une course pour aller me cacher. Toutefois, je ne peux pas rentrer tout de suite, Laura doit être encore rouge de colère.

— Non… euh… je veux dire, tu ne me déranges pas. Euh… Enchantée.

Zut, maudite timidité! *Glou… glou… glou…*

— Tu es la nouvelle demi-sœur de Laura, c'est ça?

— Non. Elle habite chez moi. C'est tout. C'est ma *demi-rien pantoute*.

— J'en déduis que c'est pas facile…

Je lance un nouveau coup d'œil vers ma maison, comme si j'avais peur d'être prise en flagrant délit. La dernière chose que je veux, c'est bien de donner de nouvelles raisons à Laura de me détester. Corentin est soit gentil, soit hypocrite. Mon petit doigt me dit que je dois me méfier de lui.

– Écoute, Corentin, je dois rentrer…

– Tu veux me raconter ce qui te tracasse ? demande-t-il, plein de compassion dans les yeux.

– Pas vraiment, non.

Corentin n'est pas un garçon comme les autres, ça crève les yeux. Les autres sont devant la partie de hockey à l'heure qu'il est, ou en train de jouer à un jeu de guerre quelconque.

Au fond, il n'est pas si effrayant. Je peux bien rester quelques instants. Je relève la tête pour le regarder.

– Viens t'asseoir, insiste-t-il.

Un dernier regard vers la maison : personne n'est sorti. OK, je décide de rester quelques minutes.

– Elle te fait la vie dure ?

– Non, hum… ça va. C'est pas elle qui me dérange.

Corentin en sait plus qu'il ne le laisse paraître. Et je ne suis pas stupide : je sais que tout ce que je dirai ira aux oreilles de Laura. Ce garçon est en mission d'espionnage. Il est pendu à mes lèvres, c'est louche.

– Alors, vous vous entendez bien ? C'est *cool*.

Je lui fais un sourire timide en frissonnant, j'aurais dû prendre une veste avant de sortir de la maison.

– Pourquoi t'es pas avec une gang de gars ? Jérémie et Samuel, ils n'habitent pas loin…

Il me fait un geste de la main pour protester.

– Ça fait pas longtemps que je suis arrivé au Québec. J'ai pas eu le temps de… euh… me faire des potes. La bande de Samuel semble un peu fermée… Ils se connaissent depuis toujours, alors que moi, j'arrive avec mon accent et mes fringues… Tant pis. Pour l'instant, ce sont les meufs qui s'occupent de moi, je ne suis pas à plaindre.

– Les meufs ? C'est quoi, des meufs ?

– Ah, vous ne dites pas ça ici… C'est du verlan.

– Verlan ?

Corentin me considère comme si j'étais idiote. Il prend tout de même le temps de m'expliquer.

– Dire les mots à l'envers. Meuf… c'est « femme » à l'envers. On dit ça, en France. Meuf pour fille, gonzesse, nana…

– Ah ! … OK. Je comprends.

– Donc, les mecs, ici, je ne les connais pas. On n'a rien en commun.

– Ils jouent au hockey, ils sont les meilleurs de leur équipe. Ils sont bons dans tous les sports… Tu fais du sport ?

– Je ne joue pas au hockey.

– T'as pourtant l'air d'un sportif.

— Merci… C'est grâce au foot.

— Tu veux dire le soccer ?

— Ouais, c'est vrai… vous appelez ça le soccer.

Un court silence brise le rythme de notre conversation. C'est tout de même plus facile que je le pensais de discuter avec Corentin.

— Tu préfères te tenir avec les filles ?

Ma question ne semble pas lui plaire !

— Juste avec les gens intéressants, proteste-t-il.

Oufff… Du coup, je me demande si j'en fais partie. *Nooon*, pas moi, je ne suis pas « intéressante ». D'ailleurs, je devrais me défiler avant de dire des idioties et qu'il s'en rende compte.

— Et tu trouves que Laura l'est ? Hum, intéressante, je veux dire.

Il jongle avec son iPhone avant de me regarder.

— Tu devrais le savoir, tu vis avec elle.

— Depuis seulement deux jours.

Un brusque souvenir apparaît dans ma mémoire. Laura couchée au sol, moi qui la menace, son journal intime entre les mains. Du coup, je me sens coupable. Avec la culpabilité vient une anxiété que je ne supporte pas bien. On dirait que je vais tomber en pleine face. Cette conversation tourne en rond et je dois m'en aller avant d'avoir les lèvres bleues. Et de dire des conneries pas intéressantes…

– Qu'est-ce que tu fais ? demande-t-il.

– Je rentre.

– Mais attends…

– Attendre quoi, Corentin ?

– Non, rien, vas-y.

Comme je descends de la table et que mes pieds touchent au gazon encore jaune, Corentin me relance.

– On reparle quand tu veux, Marie-Douce.

Je lui fais un signe de tête avant d'engager mes pas sur le sentier de cailloux qui mène chez moi.

Chapitre 9

English, moutarde-relish !

Je suis restée couchée sur le sol dix bonnes minutes avant de me relever, mon corps et mon ego étant plantés au tapis. Cette fois, je n'écrirai pas à Érica pour me plaindre. Elle doit être occupée avec sa nouvelle « amie » de toute façon. Et puis, j'ai mon orgueil !

La petite ballerine a dû porter attention à son cours de karaté. C'est bon à savoir. OK, elle vient de gagner une bataille. Mais la vraie guerre, c'est moi qui la remporterai.

Laura, tu gagneras quoi ?

Je me pose la question avec sérieux. Sortir d'ici ? Séparer ma mère d'Hugo Bissonnette ? Retourner dans notre petit logement aux murs minces ? Si, au moins, elle peut me lâcher avec le foutu ménage, ce sera un excellent départ.

Je descends à pas feutrés les marches de bois franc qui mènent au rez-de-chaussée. Ma mère et son chum sont sur le divan, ils boivent leur vin en amoureux. *Je vais vomir !* C'est avec mon père qu'elle devrait boire son vin. Pas avec *lui.*

Trucker passe devant moi avec ses énormes pattes et son gros nez de monstre. Ses yeux sont aussi tristes que les miens. « Voleur de souliers », que je marmonne au-dessus de sa tête.

Tout ça, c'est sa faute. S'il n'avait pas mangé mes souliers, je n'aurais pas eu cette conversation avec ma mère et Hugo, je n'aurais pas laissé traîner mon journal intime par distraction. Je n'aurais pas été vulnérable.

— Tu sens le chien, vas te laver!

Il fait une espèce de son de gorge ressemblant à une complainte. Il bave, il respire aussi fort qu'un train et il pue. De plus, il est gigantesque. Il mange un cheval entier pour souper, mes souliers pour dessert. J'avais de beaux espoirs pour notre amitié, mais c'est raté, je déteste ce chien.

— Laura, il y a la vaisselle à ranger, fait la voix de ma mère.

Ranger… vaisselle… quels mots horribles.

— Ah, m'man! Ça ne me tente pas!

— T'as fait tes devoirs? Ta dissertation d'Agatha Christie…

Devoirs… encore pire! Ma mère est en feu avec ses demandes terrifiantes!

— Tout est fait.

Des fois, je mens bien.

Des fois.

— Je peux voir ça?

Je hausse les épaules, les sourcils levés.

— Mon cahier est dans ma case à l'école, c'est plate, han ?

— Laura, tu ne…

C'est Hugo qui s'en mêle. *Ah non, alors !* Autant imposer ma limite tout de suite ! Je le regarde de loin : il est encore assis sur le divan, sous les longues jambes de ma mère, leur regard perdu l'un dans l'autre. Ce n'est pas sa place, elle ne peut pas être amoureuse de LUI ! La vie est trop injuste.

— T'es pas mon père. Maman, dis-lui !

Ma mère lui murmure quelque chose en anglais. *C'est trop !* Hugo Bissonnette comprend l'anglais ! J'espère qu'il ne le parle pas aussi.

Il vient de lui répondre dans un anglais habile et rapide. Je suis *faite*. Voilà mon projet pour l'été : apprendre la langue de Shakespeare[4] !

Elle faisait tout le temps ça avec papa, pour ne pas que j'espionne leurs « conversations d'adultes ». Ça me faisait capoter. Mais c'était mon père, c'était différent. Si ma mère se met à faire des cachotteries dans mon dos avec cet homme qui s'impose en nouveau paternel contre mon gré, à quoi bon la garder comme confidente ?

---

4. La langue de Shakespeare (auteur classique anglais) est une expression pour dire l'anglais.

— Arrêtez de parler anglais, je ne comprends rien !

— Va ranger la vaisselle, Laura, dit ma mère d'un ton exaspéré, je monterai te dire bonne nuit tantôt.

Je casse un verre par « accident » avant de déposer une assiette sale dans l'armoire. Voilà, ma corvée est terminée.

Comme je sors de la cuisine, Marie-Douce y entre à son tour. Sans dire un mot, ni m'accorder un seul regard, elle ouvre l'armoire, sort l'assiette sale avant de la placer dans le lave-vaisselle.

— Ta mère a dit à mon père de ne pas intervenir dans ton éducation. Mon père s'est excusé, traduit-elle, dans mon dos.

Bon, voilà une autre affaire ! Javotte parle anglais, elle aussi. C'est un trois contre un. Il faut que j'appelle mon père. Et que j'apprenne l'anglais au plus vite.

Chapitre 10

Une promesse prometteuse

Les lundis, je vais à mes cours de karaté. Ce soir, j'attache ma ceinture brune à mon kimono qui, lui, est d'un blanc éclatant, et je passe une heure à frapper l'air, imaginant le visage de Laura, pour aussitôt me sentir coupable.

À la fin de la séance, je marche d'un pas lent jusqu'à la maison. Nous habitons le Vieux-Vaudreuil. C'est une promenade d'à peine un kilomètre entre chez moi et la Cité-des-Jeunes, où mes cours ont lieu. C'est aussi mon école secondaire, là où ma vie sociale quelque peu limitée prend vie. Tous les jours, j'essaie de me convaincre de ne pas me laisser intimider par ces attroupements d'adolescents qui me dépassent d'une tête et d'au moins dix kilos (s'ils savaient que certains jours je porte mon bas de pyjama sous mes pantalons pour avoir l'air moins maigre, ils seraient tous morts de rire!). Même à plus de la moitié de cette première année dans la « grande école », mon angoisse à l'idée d'avoir à me mêler à eux est de la taille du pamplemousse qui grossit dans mon estomac.

Lorsque je les aperçois de loin, ces filles plus grandes, habillées *sexy*, je change de trottoir, histoire de ne pas me retrouver dans leur territoire. Juste à les regarder, j'ai l'impression que je vais paniquer. Si je me fie à la taille de ma mère, qui, même adulte, ressemble toujours à une ado de quatorze ans, je me dis que jamais je n'aurai l'air de *ça* !

Avant de commencer l'année, j'avais une peur bleue de l'école secondaire. J'aurais voulu rester en sixième toute ma vie ! Je me disais que j'allais manger mon lunch à l'écart, car je n'aurais pas d'amis avec qui m'asseoir à la cafétéria. En fin de compte, les semaines, puis les mois ont passé et j'ai survécu. Je me trouve ridicule d'être fière de cet exploit tout à fait idiot. Bien sûr que je n'en suis pas morte ! Je n'ai pas brillé, personne en particulier n'a remarqué ma présence à part mes copines habituelles, Sam et Constance. Rien de traumatisant à signaler.

Tu as pourtant mis Laura au tapis, tu ne devrais avoir peur de personne ! fait une voix au fond de ma tête. Peut-être, mais c'est plus fort que moi d'être convaincue que je ne suis pas à la hauteur. Il y a comme un moulin à pensées stressantes qui travaille à temps plein dans mon cerveau. Surtout le soir, au coucher. Je dois méditer pour que viennent à mon esprit des choses plaisantes qui m'aident à m'endormir. Mais ça ne fonctionne pas toujours, c'est bien dommage.

C'est angoissant, avoir treize ans.

J'ai deux amies fidèles, Samantha et Constance Desjardins. Nous formons un trio serré depuis la deuxième année. Constance est la tante de Sam. Je sais, ça n'a pas de sens. C'est une longue histoire…

Constance est petite et menue comme moi. Elle est aussi trop gentille, trop douce, un peu angoissée… C'est ma jumelle cosmique, en un sens. Bref, même si elle est parfois boudeuse (personne n'est parfait!), on se comprend et on se tient les coudes. Constance est souvent celle qui se lie d'amitié avec les « rejets »; elle ne peut pas tolérer que quelqu'un soit tenu à l'écart. Elle a de longs cheveux bruns que sa mère lui serre souvent en une grosse tresse qui descend jusqu'à ses reins. Depuis que nous nous sommes liées d'amitié, il y a presque six ans, nous avons fait le pacte de ne pas couper nos cheveux, ou juste les pointes. Moi blonde, elle brune, nous sommes comme des jumelles en négatif.

Samantha, elle, est plus costaude et porte ses cheveux au-dessus des épaules. Elle est un peu dans le genre de Laura, sauf qu'elle est rousse et moins féminine, qu'elle a une grosse voix et que son visage est moins beau. Elle est super gentille, mais elle est parfois intense. Elle a tendance à tomber sur les nerfs des gens. Il n'est pas rare de voir nos camarades fuir en douce quand Samantha arrive dans les parages… Comme Constance et Sam sont inséparables, j'ai appris à endurer… euh… je veux dire ESTIMER cette dernière. Ça m'aide à devenir une meilleure personne. Tolérer les défauts agaçants de Sam m'a appris à être patiente et à apprécier davantage les moments précieux où je suis seule avec Constance. OK, j'avoue, Sam m'énerve souvent… On n'a pas toujours tout ce qu'on veut dans la vie, paraît-il.

Ma grande peur, c'est que ma meilleure amie soit envoyée à l'école privée dès septembre prochain. En effet, le père de Constance en parle depuis longtemps. La bonne nouvelle, c'est que sous les supplications de sa fille, il a cédé pour la première année du secondaire, à condition que son bulletin soit quasi parfait. Nous avons donc travaillé ensemble d'arrache-pied depuis l'automne pour que Constance réussisse ce défi qui n'est pas si facile pour elle. Il a souvent fallu que je la harcèle pour qu'elle s'applique, lui rappelant la menace de l'école privée – et de notre séparation – qui plane au-dessus de sa tête. Constance se plaint, mais notre amitié est la plus forte, puisqu'elle y met les efforts.

J'ai si soif que j'ai la gorge desséchée. Je décide de passer au dépanneur avant de rentrer. Je veux surtout acheter du temps. L'idée de rentrer à la maison n'a rien de réjouissant. Je passe devant la butte qui s'élève derrière le musée. Sur cette colline se trouve un garçon aux cheveux bruns. C'est encore Corentin Cœur-de-Lion, l'ami fidèle de Laura. Il est assis sur le gazon, avec ses jeans troués aux genoux. Il ne bouge pas, jusqu'à ce qu'il m'aperçoive.

— Marie-Douce !

Corentin descend la butte en vitesse pour arriver à ma hauteur. C'est bizarre, il est souvent sur mon chemin ces derniers temps.

— Salut, Corentin.

Je continue à avancer comme s'il n'était pas là. Il me suit, déambulant sur le trottoir, près de moi.

— Qu'est-ce que tu fais ?

Il est maintenant droit devant moi et marche à reculons ! Je le regarde, un peu perplexe.

— Hum, je, euh… j'allais au dép.

— Au quoi ?

— Ben…là ! Au dé-pan-neur.

Je pointe le Couche-Tard pour préciser.

— Ah ! Acheter quoi ?

C'est quoi, cette insistance à me questionner ?

— Une bouteille d'eau.

Il me regarde comme si je descendais de Mars.

— Tu peux en boire chez toi, pourquoi tu dépenses ton argent de poche pour de l'eau ?

– Hum… c'est que…

Je retarde le moment de rentrer à la maison, j'évite ma chambre et tout ce qu'il y a dedans. Voilà pourquoi j'achète de l'eau au lieu d'aller la tirer du robinet ! Ç'a du sens, non ?

– J'ai juste soif, dis-je. Et j'ai un penchant pour l'eau à saveur de framboises.

Il arrête de reculer, il est posté devant moi. Si je continue de marcher, soit je fonce sur lui, soit je dois le contourner. Je suis donc forcée de ralentir le pas. Ses mains dans les poches de ses jeans, il hausse les épaules en inclinant la tête pour chercher mon regard.

– T'as cinq minutes ? demande-t-il.

– Pourquoi ?

– Je m'emmerde.

Je réfléchis en soupirant. Oui, j'ai bien envie de passer quelques instants avec Corentin. Je sais, je devrais m'en méfier, mais il a l'air tout à fait gentil. Je dirais même charmant, mais je n'irai pas jusque-là ! Mon problème, c'est que si Laura arrive, elle ne sera pas contente. Sans parler de ma peur de babiller des conneries à cause de ma nervosité !

Respire, Marie-Nerveuse… Le pire qui puisse arriver, c'est qu'il arrête de te parler.

Et puis, je me dis que le nom de Laura n'est pas écrit sur lui ! Corentin n'appartient à personne après tout. OK, aussi bien rester. Que vais-je faire d'autre de toute façon ?

Il me suit dans le dépanneur et en profite pour prendre une KitKat au passage.

— T'as un dollar à me prêter ? me demande-t-il, piteux.

— Hummm, mmm…

On dirait bien que c'est moi qui paye la traite. Pas grave, j'ai bon cœur. Il n'a peut-être pas d'argent. Ce n'est pas tout le monde qui a la chance d'avoir une allocation. Nous sortons du dépanneur et trouvons un coin de gazon sec.

— Tu fais du karaté depuis longtemps ?

— Quatre ans, dis-je avant de prendre une gorgée au goulot de ma bouteille.

— T'es ceinture quoi ?

— Brune.

— C'est pour tenir tes pantalons, ta ceinture brune ?

— Non… t'es con ou quoi ?

— Ah ! Tu veux dire la ceinture marron ! Wouah ! C'est un haut niveau, ça, non ?

Je roule les yeux. *Brune, marron, c'est la même chose, non ? Ah ! Ces FrOnçais !*

— La prochaine, c'est la noire, dis-je, sans le regarder.

— T'y es bientôt, alors ! En tout cas, je vais éviter de m'embrouiller avec toi !

Je prends une autre gorgée au lieu de répondre. Si je ne mentionne pas souvent que je suis arrivée à ce grade, c'est à cause de ce genre de commentaires. Parfois, on me pousse juste pour voir ce que je suis capable de faire, moi, la petite sauterelle au poids plume. Je ne fais pas du karaté pour me battre, mais parce que c'est un sport qui me fait du bien, point à la ligne. Ça me permet de travailler ma confiance en mes capacités, et comme, côté confiance, je pars de loin… le karaté m'est bénéfique. En réalité, je passe ma vie entière à éviter toutes les formes de confrontation. Mettre Laura au tapis, c'était de la survie, un réflexe. J'ai même fait attention de ne pas lui faire mal. J'ai été surprise de ma propre force.

— Ça va, je ne t'attaquerai pas, dis-je en souriant.

— C'est presque dommage, répond-il, en repoussant une de mes mèches blondes de ma joue.

Quelques secondes de silence me permettent de me détendre. Corentin n'est pas si effrayant, tout compte fait. Être assise, comme ça, sur le gazon près de lui, c'est même *cool*.

— Corentin, je peux te poser une question indiscrète ?

— Essaie toujours…

— Pourquoi avez-vous déménagé au Québec, ta famille et toi ?

Ma question semble l'ébranler un peu, il ferme les yeux et inspire une longue bouffée d'air. Y aurait-il donc une raison dramatique derrière cette grande décision ? Du coup, je regrette mon indiscrétion. Puis, comme s'il avait eu besoin d'en parler depuis longtemps, Corentin ouvre la bouche et je deviens sa confidente.

— Je peux te faire confiance, Marie-Douce ?

— Bien sûr ! Je le jure sur la tête de ma mère.

Il regarde au loin. Puis, il se met à me raconter son histoire.

— J'ai été renvoyé de mon école à plusieurs reprises parce que j'étais considéré comme un « élément perturbateur ». Une des statues de l'école a perdu sa tête de façon très mystérieuse et même si j'ai juré que ce n'était pas moi, on m'a accusé. C'était à prévoir. J'ai aussi déclenché une bataille de purée à la cantine et j'ai cassé la gueule au fils du directeur. Sa famille n'a pas aimé, il fallait s'y attendre.

— *Wow*… C'est fou tout ça !

Corentin rit doucement avant de continuer :

— Dans la famille, on aime les traditions. Mon grand-père s'était fait renvoyer pour sorcellerie.

— Pardon ? Pour de vrai ?

— Sans blague, il avait lu un livre sur l'hypnose et avait réussi à endormir ses camarades. Il m'a d'ailleurs légué son bouquin, ajoute-t-il en riant.

— Ah oui ? Intéressant… Et tes parents, ils font quoi ?

— T'en as peut-être pas entendu parler ici, mais mon père se nomme Valentin Cœur-de-Lion. C'est un acteur très connu en Europe. Ma vie ne ressemble pas beaucoup à la tienne, tu vois ?

— Je peux imaginer… Tu habites où, Corentin ?

— À Vaudreuil-sur-le-Lac, dans une grande maison vide.

Je perçois un brin de tristesse dans ses confidences. Je suis très surprise, jamais je n'aurais imaginé tout ça !

— Pourquoi tu gardes tout ça secret ?

— Parce qu'en France, la célébrité de mon père faisait partie de mes problèmes. Tu sais, Marie-Douce, quand tu fais partie de la *jet set*, dès que les gens apprennent d'où tu viens, souvent ils changent d'attitude. Au revoir la sincérité ! Mon père veut que j'aie une vie plus normale.

— Je comprends. Je ne dirai rien à personne. Promis.

Il me regarde de longues secondes. Je pourrais me fondre dans l'intensité de ces yeux-là. Même si j'en connais plus à son sujet, tout cela est si… mystérieux pour moi ! Il est riche et célèbre. Ça me dépasse, je suis très surprise !

— Je… euh… Bon, je dois y aller maintenant, dis-je, en voyant l'heure à ma montre.

— Déjà ?

— J'ai pas fini mes devoirs et il est déjà huit heures. T'as pas de couvre-feu, toi ?

— Hum ! Non, pas de couvre-feu, dit-il.

— Chanceux. Moi, j'en ai un et je suis en train de le briser.

— Bonne nuit, Marie-Douce.

— Bonne nuit, Corentin.

J'ai à peine fait quelques pas pour m'éloigner de lui, que Corentin m'interpelle à nouveau.

— Marie-Douce !

Je me retourne, sourcils levés, un air interrogateur dans les yeux.

— Je voulais te dire… hum, en fait…

— Je t'écoute.

— Ben, je sais que c'est pas facile avec Laura, pour toi… mais tu sais, même si elle est agressive, c'est pas contre toi.

— Tu crois ça ? J'en suis pas si certaine.

– Moi, j'en suis sûr.

– OK, merci.

– Je peux t'aider à obtenir l'amitié de Laura, tu sais. Je la connais bien !

Oh, là, il a mon attention !

– Ah oui ? Comment ?

– Trouvons du temps dans les prochains jours. Je te ferai part de mon plan.

J'ai les yeux grands comme des billes, la joie me gonfle le thorax. Enfin, une lueur d'espoir ! Même si ma tête me dit de ne pas trop espérer… je décide de n'écouter que mon cœur.

– D'abord, tu dois me jurer de ne pas dire à Laura qu'on s'est parlé. Tout doit rester entre nous. C'est promis ?

Je suis si heureuse que d'un geste spontané, je saisis sa main des deux miennes. Mon geste semble le surprendre, mais il ne commente pas.

– Bien sûr que c'est promis ! Merci, Corentin. Merci, merci, merci !

***

En arrivant à la maison, j'ai le cœur léger. J'ai l'impression que je pourrais conquérir le monde.

Trucker m'attend, sa laisse dans la gueule, sa bave dégoulinant jusqu'au plancher.

— Pas ce soir, mon gros, dis-je en me penchant vers lui.

— J'irai avec lui, fait la voix de mon père. T'es en retard.

Je fais à papa les yeux doux qui le calment toujours comme par magie.

Mon père est avocat. Il est grand, costaud, il n'a pas de bedaine et il a un tatouage sur chaque biceps. Le premier, il l'a fait faire à ma naissance. J'étais un bébé prématuré, je pesais à peine trois livres. On a dû me placer dans une couveuse. Papa est resté à l'hôpital les deux mois qu'a duré mon séjour. J'ai vu les photos : j'étais branchée de partout. On avait peur pour mes poumons, pour mon cerveau, pour mes yeux, mon cœur, mon âme. Bon, j'exagère. J'avais encore mon âme, mais ç'aurait très bien pu être tout ce que j'aurais gardé, surtout que mon petit cœur a cessé de battre à deux reprises.

Bref, quand on m'a déclarée hors de danger, mon père s'est fait tatouer un symbole chinois qui signifie « amour et survie ». Le second *tattoo*, ç'a été quand ma mère est partie pour de bon. Un autre symbole chinois. Il refuse encore de me dire ce qu'il signifie. Mais j'ai mon avis.

– Je monte, bonne nuit, papa.

– Bonne nuit, chérie.

Il m'embrasse et sa barbe pique, mais ça ne fait rien. Je l'aime, mon père, c'est le meilleur au monde.

Quelle magnifique soirée !

Quand je pense que Corentin m'aidera avec Laura. J'aime ma vie !

Chapitre 11

Le coup du réveille-matin

Le mercredi matin, le silence me réveille en sursaut. Je me demande où je suis : je ne reconnais pas ce plafond, ce mur rose, ce parfum floral ! Puis, mon cerveau se replace dans ma tête et ma crainte se confirme. Je suis encore *ici*. Je commence à songer à réclamer une place dans la chambre froide près du garage, il me semble que ça serait plus chaleureux que cette chambre.

Je lève la tête pour tourner mon regard noir vers le lit vide de Marie-Douce. Le couvre-lit fleuri est tiré de façon parfaite sous les voiles des baldaquins. Je suis certaine qu'on pourrait y faire rebondir une pièce de monnaie, comme dans l'armée. Une perte de temps et d'énergie, à mon avis. Chacun son *trip* ! Mon lit à moi n'est jamais fait. Pourquoi s'en donner la peine si c'est pour tout défaire le soir venu ?

Hier, avant de me coucher, le Wi-Fi était encore disponible malgré les fameuses règles (menaces). J'ai donc pu *chatter* avec Corentin. Il m'a encore demandé ce que je trouvais de si mal à Marie-Douce.

Laura12
Tout, Corentin, absolument tout !

CocoLeClown
Donne-moi un exemple !

Je ne pouvais pas lui raconter qu'elle m'avait jetée au sol comme un vulgaire sac-poubelle. J'ai encore mon honneur à protéger. Quand même, hein. Il a beau être mon confident, il y a des limites à ma modestie.

Laura12
Elle se promène dans la maison comme si elle était la reine des lieux.

CocoLeClown
Je te rappelle qu'elle est chez elle !

Laura12
Elle fait exprès pour tout faire mieux que moi. Je suis certaine qu'avant que j'arrive, elle n'était pas si... si...

CocoLeClown
Si quoi, Laura ?

Aïe, mais que s'est-il passé avec Corentin ? Avant, il se rangeait de mon côté, il défendait mon honneur… et là, il me niaise ou quoi ?

Laura12
Si parfaite... -_-

CocoLeClown
Alors, t'as qu'à faire mieux qu'elle.

J'ai secoué mon iPod. J'étais outrée !

Laura12
Mieux qu'elle ! :o

CocoLeClown
Ben ouais, quoi ? Tu peux la battre sur son propre terrain, non ?

Laura12
Je croyais que tu m'aiderais ? Tu m'as pas encore dit ce que t'allais faire !

CocoLeClown
Hahahaha, tu ne perds rien pour attendre... ;-)

Sur cette note mystérieuse, il m'a souhaité bonne nuit avant de déconnecter.

Sur-le-champ, j'ai écrit à Érica.

Laura12
Salut, besoin de jaser. Es-tu là ?

Elle n'était pas à l'école hier et, la journée d'avant, je l'ai vue discuter avec Alexandrine Dumais, le diable en personne. Le pire, c'est qu'Alex m'a envoyé un clin d'œil baveux lorsque je l'ai dévisagée. Du coup, je me demande si ce n'est pas elle, la fameuse « amie » chez qui Érica serait allée dimanche soir dernier. Si c'est le cas, je *ca-po-te*. Comme si ma vie n'était pas assez dégueulasse ces jours-ci ! J'ai besoin d'avoir confiance en ma meilleure amie ! Mais je sens qu'elle me file entre les doigts.

Je me retourne sous mes couvertures pour réfléchir. C'est bien le pire moment pour m'abandonner ! Je dois me concentrer sur le problème qui me colle à la peau : ma fausse nouvelle demi-sœur. J'aurais aimé avoir l'aide d'Érica pour saboter la relation entre ma mère et Hugo. J'aurais eu besoin de mon amie, par les temps qui courent, parce que jusqu'à maintenant, ma mission est impossible. Ils se tiennent les coudes, les tourtereaux. Je dois trouver une solution plus efficace que ma méthode actuelle : celle de chialer à qui mieux mieux. Je dois user de créativité.

À force de perdre mon temps en réflexions intenses, je sais que je suis en retard. Bah ! Quelques minutes de plus ou de moins, ça ne fera pas de différence. Pourquoi ma mère ne me réveille-t-elle pas ? Elle le fait toujours, avant de quitter la maison pour le travail.

Où est mon réveille-matin ?

Je me lève sur les coudes. D'une main maladroite, je repousse mes cheveux de mon visage. Je tends la main pour déplacer la boîte de mouchoirs qui trône sur ma table de nuit. Je le trouve qui clignote : « 12:00 ». Quelqu'un l'a déréglé ! Je suis victime de sabotage ! Marie-Douce, car je suis certaine que c'est elle qui a fait ça, va me le payer cher !

Oh, là, je viens de trouver l'énergie pour sortir du lit ! Je n'ai aucune idée de l'heure qu'il est, j'espère qu'il n'est pas trop tard.

Du calme, Laura. Au pire, tu feras le bon vieux truc du thermomètre sous la lampe. Ta mère sera facile à duper, encore une fois. Et tu resteras à la maison, à jouer avec ton Xbox.

Je descends en trombe. Ils sont là, tous les trois, à manger des céréales en « famille », jasant à bâtons rompus. Ma mère s'intègre trop bien au décor. On dirait que c'est elle qui a choisi la couleur des murs.

Personne ne bronche lorsque j'apparais dans la cuisine. C'est presque insultant. Marie-Douce pourrait au moins reculer sur sa chaise, avoir un peu peur de moi, comme avant ! Mais non. Elle continue à rire avec son père qui regarde ma mère du coin de l'œil.

— Bonjour, ma chérie.

Ma mère vient de me remarquer. Fiou ! Je ne suis pas devenue invisible.

— Bon matin, dis-je d'une voix plate. Pourquoi tu ranges les céréales ? J'ai pas encore mangé.

— Mais t'as plus de temps ! Va t'habiller, il est presque 9 h. Tiens, prends ça !

Elle me lance une barre tendre à la tête. Les cours commencent à 9 h 30, ce n'est pas encore le moment de faire un drame !

— Mais, j'ai très faim, moi !

— T'avais qu'à te lever plus tôt, fait Hugo.

— *Ta fille* a déréglé mon réveille-matin !

Devant son énorme bol de Froot Loops, Marie-Douce ouvre de grands yeux ronds.

— Moi ? Pourquoi est-ce que j'aurais fait ça ?

— Parce que tu veux que je me fasse chicaner !

— T'hallucines, Laura.

— Bon, ça suffit, les filles, allez vous préparer.

Le regard de Marie-Douce soutient le mien.

Elle n'est pas si fragile après tout !

Cette fille, c'est un démon déguisé en ange !

Chapitre 12

Tout le monde veut être ami avec Miss Vaudreuil

Je ne sais pas ce qui m'a pris. Sérieux, je n'ai pas fait exprès. C'est vrai ! Je venais de me lever, j'ai éteint mon réveille-matin et ma MAIN a débranché celui de Laura dans la seconde qui a suivi. Ce n'est pas moi, c'est la faute de ma main.

J'ai eu des remords, alors j'ai tout de suite rebranché l'appareil. Mais le mal était fait : l'horloge était déréglée. Quand j'ai voulu l'arranger, Laura a bougé. J'ai eu peur qu'elle ouvre les yeux. Si elle m'avait vue toucher à son réveille-matin, elle m'aurait sauté sur le dos de nouveau. Alors, j'ai décidé de laisser faire.

Ce n'était pas une bonne idée.

De toute évidence, Laura saisira toutes les occasions de me prendre en faute. Elle aurait pu penser qu'il s'agissait d'une panne de courant ! Mais non… l'idée ne lui a même pas effleuré l'esprit ! Elle a tout de suite compris que c'était moi. Elle a un sixième sens, cette fille…

***

Laura et moi marchons côte à côte en chemin vers la Cité-des-Jeunes. Je retiens ma respiration parce que je sens que ce moment de trêve est fragile. Je constate en un rien de temps que j'ai eu raison de ne pas trop y croire : dès que nous arrivons sur le pont qui surplombe la petite rivière après l'église Saint-Michel, Laura accélère le pas. Par réflexe, je maintiens le rythme. Il ne faut que quelques secondes pour qu'elle s'arrête.

— Tu vois bien que je ne veux pas marcher avec toi, espèce de nouille. Arrête de me suivre.

Mon cœur se serre. Heurtée dans mon orgueil, j'ouvre la bouche pour protester, crier que je ne la suivais même pas, mais je me retiens.

C'est à ce moment que j'aperçois Corentin de l'autre côté de la rue. On dirait qu'il sort de nulle part. Il porte une casquette des Canadiens et une veste d'un brun douteux, sûrement une trouvaille dans un magasin français avant de déménager ici. Il nous regarde avec calme. Il est tranquille, ce garçon, et bien mystérieux ! On dirait qu'il assiste à un spectacle, se demandant laquelle des deux filles gagnera le combat.

— Vas-y, dis-je. Ton ami t'attend.

— J'ai pas besoin de ta permission.

Ouch ! Un autre coup en plein là où ça fait mal.

Sur ces mots, elle part en trombe. Corentin me fait un faible sourire alors que Laura ne le regarde pas, occupée à rattacher son lacet vert lime, sa couleur fétiche. Je pince les lèvres, baisse les yeux et je continue de marcher sur l'autre côté de la rue. Je traverserai le pont et je passerai à travers la horde de mouettes qui peuplent le grand terrain et le stationnement devant l'école toute seule.

Ce n'est pas la fin du monde.

Mon cœur fait un bond de soulagement lorsque je croise Constance et Samantha juste avant d'entrer dans le bâtiment. Samantha a encore sa grosse barrette avec une boucle rose qui lui donne l'air bébé. Qu'a-t-elle donc contre les élastiques noirs ? Ça fait cent fois qu'on lui dit, Constance et moi, que c'est laid, mais elle s'entête à porter des trucs colorés dans ses cheveux roux déjà assez flamboyants merci ! Selon elle, l'important, c'est le confort, ça lui tire moins les cheveux. Au secours ! Est-ce qu'elle va comprendre un jour que son manque de goût se reflète sur nous aussi ? Dans le cas de Sam, c'est une bonne chose que la direction de la Cité ait instauré le port du semi-uniforme (chandail avec logo) !

Mais Sam, c'est Sam ! Elle s'en fiche et hausse même la voix pour que tout le monde sache qu'elle ne se pliera pas aux exigences de la mode pour plaire aux autres ! Seule Laura ose répondre à Samantha. L'autre jour, elle a lancé : « C'est ça, lâche pas la grande, avec ton chouchou quétaine ! T'es très belle ! Est-ce que tu porteras une boucle rose demain ? » Tout le monde a rigolé, surtout les fidèles suiveuses de Laura : Sabrina, Ève et Érica qui en ont rajouté pour se montrer dans le coup. Constance et moi n'avons pas ri, alors là, pas du tout. Samantha le fait exprès. Cette attention négative n'est qu'une façon de faire parler d'elle. « C'est mieux que de se faire ignorer comme toi ! » m'a-t-elle dit un jour.

Je ne devrais pas observer les allées et venues de Laura, sa façon d'agir avec les autres, d'être celle que les filles suivent, de charmer tout le monde sauf moi. Ça n'a pour effet que de me faire de la peine. C'est fou, mais c'est plus fort que moi, et je ne suis pas la seule. Tout le monde la regarde avec adoration, tout le monde se tait lorsqu'elle parle, les filles la suivent, peu importe ce qu'elle fait. Même notre prof de français, l'intolérante madame Lacerte, semble différente avec elle.

À l'opposé de Laura qui se débrouille comme une pro dans la jungle du monde des ados, je ne suis pas encore prête à faire face aux garçons, à répondre aux « critères » de sélection pour faire partie de la meilleure gang.

Je suis trop disciplinée pour être *cool*, ça, j'en suis consciente. Je fais toujours mes devoirs, mes lectures obligatoires, j'écoute en classe et je suis les consignes. Mon horaire parascolaire est rempli de cours de karaté, de ballet, de piano et j'en passe. Plus je me tiens occupée, moins j'ai le temps d'entretenir des idées noires. Tout ça m'aide à me sentir mieux, à ne pas angoisser la nuit, à être toujours prête à faire face à n'importe quelle situation et, évidemment, à avoir un superbe bulletin scolaire. J'aime avoir de bonnes notes. J'aime me rendre utile et ne pas causer de maux de tête à mon père. J'aime aussi maîtriser d'autres habiletés qui me serviront plus tard. En quoi est-ce si mal ?

Laura, elle, a tout son temps pour flâner et jouer avec ses jeux électroniques. Elle fait à sa tête et tient pour acquis qu'on lui pardonnera n'importe quoi. Il se trouve qu'elle a raison de le croire. Voilà un mois qu'elle tarde à remettre ses devoirs. Madame Lacerte la réprimande gentiment, comme si elle avait peur que Laura réplique. Pire ! On dirait que madame Lacerte a peur que Laura ne l'aime pas ! C'est le monde à l'envers. Je capote.

Mes copines regardent Laura et Corentin avec envie. De plus, depuis que Laura a emménagé dans ma chambre, ma maison est devenue une curiosité.

— On peut aller chez toi ce soir, Marie-Douce ?

— Je vais au ballet.

— Oh ! Tu ne peux pas lâcher pour un seul soir ? C'est fatigant, t'es tout le temps occupée !

– Pourquoi vous allez pas chez Constance ? je leur demande, en fronçant les sourcils.

Constance est fille unique comme moi. Elle habite une grande maison de pierre dans la rue Esther-Blondin, juste à côté de notre ancienne école primaire. C'est souvent là que nous allons, lorsque j'ai quelques minutes libres à passer avec mes copines.

Les deux filles se regardent, mécontentes.

– C'est chez toi qu'on veut aller !

– Mon père a instauré un nouveau règlement : pas d'amis à la maison les soirs de semaine !

– T'as qu'à lui dire qu'on a un travail à faire, il ne pourra pas refuser ! insiste Samantha.

Je me doute bien pourquoi elles veulent tant venir chez moi. C'est pour voir Laura. C'est elle qu'elles veulent côtoyer. Même si Laura la ridiculise de façon régulière, pour une raison qui m'échappe, Sam rêve d'être son amie. Elles veulent la capturer sur son propre terrain et se l'approprier. Je dois avouer que je ne suis pas mieux qu'elles… N'ai-je pas, depuis le début de toute cette histoire de cohabitation, souhaité que ça fonctionne entre Laura et moi ? J'en viens à me demander si elle ne serait pas un peu sorcière !

Agacée par leur insistance, je pointe Laura d'un geste de tête.

— Elle est pas très gentille, vous savez.

— Elle l'est avec ses amies, c'est la fille la plus *cool* de l'école. C'est juste qu'on n'a jamais eu la chance de la connaître, argumente Constance.

Ouais… la connaître, c'est aussi découvrir ses défauts !

Constance me surprend un peu. Je ne pensais pas qu'elle se laisserait prendre au jeu de la « popularité ». Je la croyais au-dessus de tout ça. On dirait bien que non !

— Mettons qu'elle perd sa « cooleté » dès qu'elle met le pied dans la maison, dis-je, sans sourire.

Mon commentaire tombe dans le vide. Les filles tiennent à s'approcher de Miss Vaudreuil et ce peu importe ce que je dirai à son sujet.

Chapitre 13

Charmer
pour désarmer !

Je cherche, sans trouver, une nouvelle façon d'arriver à mes fins. Alors que Marie-Douce se fait de plus en plus distante et qu'Hugo évite de m'adresser la parole, me souriant tout de même dès qu'il croise mon regard, il est difficile d'être « pas fine » avec ceux que je souhaite irriter.

Parce que dans toute cette situation désastreuse, je ne souhaite pas faire de peine à ma mère. Elle en a eu assez depuis les dernières années. Je l'ai souvent vue essuyer ses larmes en me tournant le dos d'une manière prompte pour que je ne la voie pas pleurer. Je lui ai laissé croire que je ne remarquais pas ses joues humides, ou ses yeux rougis.

Mon père lui manquait, c'était évident. Lorsqu'il revenait à la maison, ils passaient des heures à se parler à l'écart de mes oreilles curieuses. Des chuchotements, j'en ai entendu des tonnes ! L'art de l'écoute au verre collé sur la porte était devenu pour moi une habitude. Pour le peu que j'ai pu entendre, mes efforts n'en ont pas valu la peine. Jamais mes parents ne se chicanaient. Leur séparation n'a rien de logique. Ma mère a juste manqué de patience, voilà tout.

Sur ces belles réflexions, j'aperçois Marie-Douce qui s'amène. Elle n'est pas seule, ses copines sont avec elle, Constance et Samantha. Cette dernière est la sœur jumelle de Samuel Desjardins. Samuel... Il faudra bien un jour que je trouve un moyen de lui parler sans que ça vire en *obstinage* sur le hockey. Une chose à la fois. Pour l'instant, ma mission est plus importante. Arrfff... J'espère que Marie-Douce n'a pas l'habitude d'inviter ces filles énervées ici tous les soirs! Je vais lui sortir le tableau des règlements!

Pas d'amis dans la maison les jours de semaine, sauf permission spéciale.

Si je ne peux pas inviter Érica, alors pas de petites Desjardins!

Déjà que je dois les endurer dans ma classe. Elles passent leurs journées à s'échanger de petits papiers, à rire comme des nouilles. J'ai remarqué que Marie-Douce ne participe pas à leur petit jeu. Elle reste concentrée sur son livre ou garde les yeux sur madame Lacerte, à boire ses paroles.

Je me demande ce qu'elles peuvent bien s'écrire sur ces petits mots! Des niaiseries sans conséquence, nul doute. À bien y penser, j'aimerais en avoir le cœur net. Il y a peut-être des histoires intéressantes à y découvrir. Des munitions contre Marie-Douce seraient les bienvenues. Si ces filles partagent des informations qui peuvent la mettre dans le trouble, je saurai les utiliser!

C'est la tête pleine d'arrière-pensées que j'accueille les filles avec un grand sourire. Passer une heure ou deux à faire semblant de les apprécier ne me tuera pas. Demain, j'aurai peut-être entre les mains l'un de ces papiers secrets, qui sait ?

Dès que je les entends monter, j'ouvre la porte de notre chambre avec un air rayonnant.

– Salut, les filles ! Quel plaisir de vous voir !

Marie-Douce lève d'abord les sourcils, incrédule. Il ne faut pas plus de quelques fractions de seconde pour que son visage s'illumine de joie.

Chapitre 14

À chien puant, bain moussant !

Depuis hier, Laura a changé. Une réelle volte-face ; elle n'est plus la même. On dirait qu'elle a cessé de me regarder comme si j'étais un moustique indésirable, et en plus, elle a été *cool* avec Constance et Samantha. Comme l'avait suggéré Samantha, j'ai dit à mon père que nous avions un travail d'école à faire, ç'a passé comme dans du beurre ! Après avoir ouvert leurs livres de maths sur ma table de travail pour renforcer mon mensonge, les filles ont roucoulé de bonheur toute la soirée, elles sont devenues d'infatigables pies ! Malgré cela, Laura n'a pas pris cet air impatient qu'elle a d'habitude. Elle les a écoutées, a renchéri à leurs âneries. Elle était méconnaissable.

A-t-elle décidé d'enterrer la hache de guerre ? Je l'espère ! Ce soir, après mes cours de karaté, je suis sortie avec Trucker. Laura était assise seule sur les marches du balcon. Elle a relevé la tête de son livre. Son sourire était un peu hésitant.

— Tu veux que je t'accompagne ? m'a-t-elle demandé.

— T'es sûre ? Hum, je veux dire… je croyais que t'aimais pas mon chien, lui ai-je répondu, surprise, en me mordant l'intérieur de la joue pour ne pas lui faire un air trop joyeux.

Laura s'est gratté le nez.

— Il pue, c'est vrai. On pourrait lui donner un bain.

J'ai retenu un sourire. Il ne fallait pas que Laura remarque ma joie intense dans ma voix ou mes yeux, ça aurait brisé son élan.

— OK, allons-y.

***

Le désastre qui a suivi restera parmi mes meilleurs souvenirs. Le fait est que je n'ai jamais lavé Trucker moi-même. Mon père l'emmène chez une coiffeuse à chiens — c'est ainsi qu'on appelle Lucie — et Trucker revient parfumé, griffes coupées, beau comme un roi. Souvent, elle lui met un foulard de pirate, et en bon mâle qu'il est, il le porte avec fierté.

Je parlais donc d'un désastre. Ouf ! Comment puis-je résumer le cataclysme en quelques lignes ?

Nous avons fait couler un bain moussant. Ignorantes de l'hygiène canine, nous avons songé qu'il ne fallait que de l'eau, des bulles et un chien mouillé. Or, Trucker a deux fois ma taille. Il est gros, lourdaud, affectueux et il déteste l'eau.

— On aurait peut-être dû remplir la baignoire avec lui déjà dedans, ai-je suggéré, en me frottant le menton.

– Non, il aurait eu peur de l'eau qui monte, s'est opposée Laura. C'est mieux comme ça.

Mon pauvre chien avait les deux pattes de devant sur le bord de la baignoire et pleurait comme un bébé. Un énorme bébé. Ça sonnait comme ça : « Ouaahha ouuuahahahoumph ». Genre. Bave dégoulinante incluse.

– Allez, mon gros, a dit Laura. C'est pour ton bien. Et le nôtre !

– Oh, Laura, je crois qu'on devrait laisser faire. Mon père doit l'emmener chez Lucie bientôt…

– Non, c'est facile, on l'aura. Aide-moi. Je l'endurerai pas une heure de plus avec cette puanteur !

J'aurais accepté n'importe quoi pour faire plaisir à Laura. Nous avons donc joint nos efforts et Trucker a fini par tomber tête première dans l'eau mousseuse de Mr Bubble et il s'est mis à nager. Enfin, à *essayer* de nager.

De la mousse, il y en a eu jusqu'au plafond. De l'eau, sur nous, sur le mur, sur le plancher et dans ma bouche. Ark ! Des poils de chien mouillé sur ma langue !

– Je pensais que c'était un chien super calme, un Saint-Bernard ! s'est plainte Laura en tenant le cou de Trucker avec tout le poids de son corps.

— Ah oui ? Je ne sais pas... À moins que Trucker ait un dédoublement de personnalité ? Il lui arrive de se prendre pour un chat.

C'est vrai, j'ai déjà vu Trucker chasser une souris.

— Il faut le sortir avant qu'il nous noie ! ai-je crié en riant.

— Non, on n'a pas frotté son gros derrière ! s'est opposé Laura, avec un amas de mousse sur la joue.

— Fais ça vite, ai-je hurlé avec un fou rire.

— T'as la débarbouillette ?

— Oui, tiens ! lui ai-je tendu.

— T'as pas une brosse à plancher ?

— Laura !

— OK, OK, la débarbouillette devrait faire la *job*.

Le pire, c'est lorsque Trucker a échappé à notre emprise. Il a couru vers la chambre de mon père pour secouer sa grosse fourrure en faisant gicler au moins trois litres d'eau moussante.

Mon père est arrivé sur ces entrefaites. Il n'a eu que le temps de voir une pluie de gouttelettes éclabousser partout sur ses meubles de bois et sa nouvelle couette. Trucker a exprimé un gros « Woufffff » et Laura et moi avons eu droit à notre première punition commune.

La chasse aux pissenlits.

Chapitre 15

Une symphonie d'excuses bidon

ÉricaLove

Excuse-moi pour ces derniers jours, j'avais des affaires à discuter avec Alex Dumais pour la pièce de théâtre. Comme on joue dedans, on a des textes à répéter, tu comprends? C'est rien contre toi. Je dois d'ailleurs passer toute la fin de semaine à répéter avec elle si on veut être prêtes pour le spectacle de fin d'année! On se reprend? ☺

Laura12

Ç'aurait été gentil de me dire que tu t'inscrivais à la pièce de théâtre, peut-être que j'aurais aimé y participer moi aussi! Merci quand même.

Décidément, ma relation avec Érica ne s'améliore pas. Ça m'attriste beaucoup de voir à quel point je ne suis pas importante pour elle. Pour être honnête, ça m'inquiète.

Je ne sais pas si c'est parce qu'Érica me déçoit depuis quelque temps que j'ai commencé à être plus gentille avec Marie-Douce. Ça m'aura d'ailleurs valu de me faire encore chicaner par mon nouveau beau-père.

Ce n'est tout de même pas de ma faute si Trucker puait autant! Et puis, est-ce que je le sais, moi, que sa fourrure requiert un shampooing spécial ou une méthode particulière pour la laver?

— Dehors, avec le boyau d'arrosage, vous y avez pas songé? a demandé Hugo.

Hugo avait la mâchoire crispée et ressemblait davantage à un héros des bandes dessinées Marvel prêt à sauver la planète qu'à un papa de banlieue.

— Mais c'est de l'eau froide, a débattu Marie-Douce. Je ne voulais pas le traumatiser.

Les yeux furieux d'Hugo se sont radoucis devant notre stupidité. Ben quoi, nous n'avons que treize ans, après tout. C'est *full* poche qu'il s'attende à ce qu'on sache des affaires que les adultes ne savent même pas. Ma mère n'aurait pas fait mieux, j'en suis certaine!

— C'est un chien, a grincé Hugo. Il fait chaud, sa fourrure est épaisse, il aurait été content de prendre une douche froide, DEHORS!

En disant ces mots, Hugo est allé dans le cabanon et en est revenu avec deux bâtons de métal, chacun avec une espèce de pince en forme de pieuvre au bout.

— Voilà, mesdemoiselles : vous allez arracher tous les pissenlits qui poussent sur le terrain.

Il y a des milliers de pissenlits sur le terrain. *Argh.*

— Ah, j'ai vu ma mère faire ça l'autre jour. On pique la terre, on tourne et on tire. Facile ! me suis-je exclamée.

— Mais il est tard, a fait Marie-Douce en bâillant. Dis donc, j'ai un coup d'endormitoire, c'est fou !

Elle commence à m'impressionner, cette petite fée. Quelle bonne idée pour ne pas se taper cette corvée plate à mort ! J'ai bâillé à mon tour. *Ah, moi aussi, j'ai plein de dodo dans les yeux.*

— Nous avons de l'école demain, ai-je ajouté.

Hugo nous a dévisagées l'une et l'autre, puis il a roulé les yeux au ciel.

— C'est bon, allez vous coucher. Vous chasserez les pissenlits demain soir.

— Mais j'ai mon ballet !

— Et moi, mes devoirs. J'ai un gros travail à remettre… je suis en retard… Madame Lacerte va m'étriper… Je crois même que j'aurai besoin d'aide !

OK, j'en mets…

— Bonne nuit, les filles ! a coupé Hugo. Et si j'entends un seul son, vous aurez la nuit entière pour faire le terrain. Ça serait dommage avec tous ces moustiques nocturnes.

Mon petit doigt me dit que nous n'entendrons pas parler des pissenlits à nouveau. Du coup, j'ai découvert qu'Hugo Bissonnette n'est pas un si mauvais diable après tout.

Il ne faudrait pas croire que je les aime pour autant, ces deux intrus dans ma vie. Seulement, je les tolère mieux.

Pour l'instant.

Chapitre 16

Même pas capable d'être une vraie ado !

Le retour du beau temps fait du bien, on le sent dans la classe. Même madame Lacerte est plus relaxe. On dirait qu'elle a pris un peu de soleil, sa vieille peau un peu froissée et rousselée est en train de tourner au brun-café-rouge. Quelqu'un devrait lui dire qu'elle se ridera davantage si elle ne fait pas attention.

Depuis le bain de Trucker, depuis que nous avons essuyé une punition ensemble, c'est un peu plus facile entre Laura et moi. J'ai bien dit « un peu ».

Je suis encore très prudente. Il ne faut jamais oublier que Laura a un caractère instable. Elle peut faire tourner son humeur comme une toupie et changer de face dans la même minute. Tantôt méchante et triste, tantôt gentille et heureuse ; elle est étourdissante.

Elle a passé une partie de la fin de semaine à bougonner, à éviter mon regard et à s'enfermer dans notre chambre, branchée à son iPod. Sa bonne humeur de jeudi soir, envolée ; son entrain de vendredi, lors du bain de Trucker, évaporé. Ce fut le retour de la mégère toute la journée de samedi. Par chance, j'étais occupée à préparer le gâteau pour l'anniversaire de papa, qui aura lieu ce mardi. Puis, hier, dimanche, elle est redevenue agréable.

Nous avons soupé sans anicroche, tous les quatre, et contre toute attente, Laura a offert de desservir la table.

C'est donc ça, la crise d'adolescence? Pourquoi n'en ai-je pas, moi? Et si je n'étais pas normale? Serait-ce possible que je n'aie jamais l'air bête à cause de mon développement hormonal? Il y a des fois où j'aimerais, moi aussi, me payer ce luxe.

Marie-Douce, face d'air bête.

Aujourd'hui, je ne suis pas gentille. Aujourd'hui, si vous m'approchez de trop près, je mords sans remords!

Marie-Douce Brisson-Bissonnette, la lionne de Vaudreuil!

Voilà!

Pfff!

Je me ressaisis. Ce n'est pas mon genre…

Et si je n'avais jamais ce fameux développement hormonal? Jamais de formes, jamais de poitrine, de soutien-gorge…? Laura en porte déjà un, et moi je suis plate, plate, plate.

Comme une planche à repasser. Plate comme un iPad!

Et si mon corps oubliait de changer? C'est peut-être ça qui est en train de m'arriver! Et si ça arrive, à qui devrai-je en parler? Une chose est sûre, pas à mon père… *Oh Seigneur !* Non, pas à papa. Nathalie saura quoi faire, j'en suis certaine… Miranda se serait contentée de me dire de ne pas m'inquiéter. Nathalie m'expliquera mieux, elle.

Laura est chanceuse d'avoir une mère comme Nathalie. Au moins, elle semble le savoir et prend soin d'elle.

Autant j'apprécie Nathalie, autant je fais attention de ne pas froisser Laura en m'approchant de trop près d'elle. J'ai peur que ma demi-sœur me morde.

Chapitre 17

Un gâteau de gazon

Je suis une pâte molle, une pauvre nouille influençable qui se laisse attendrir. Ce fut bien, cet interlude avec ma fausse famille, mais je dois me concentrer sur mon but ultime : sortir de cette maison et retrouver ma vie d'avant, seule avec ma mère. Peut-être pas seule longtemps, puisqu'il reste toujours la possibilité que mon père revienne dans nos vies. Il l'a déjà fait, pourquoi serait-ce impossible qu'il le fasse à nouveau ?

Demain, c'est la fête d'Hugo. Marie-Douce a passé toute la journée de samedi à lui préparer un super gâteau à plusieurs étages, chocolat et vanille en alternance, avec un coulis vert pour rappeler un terrain de golf. En décoration, elle y a piqué un bâton avec la balle blanche qui l'accompagne. Une vraie balle – neuve, j'espère – qu'elle a posée sur la fausse pelouse lisse et sucrée.

Il est 19 h, ils sont tous au salon à regarder un film plate que j'ai déjà vu trois fois. Je pourrais – devrais – faire un grand bol de *popcorn* et leur apporter des boissons. Ce serait gentil. Vraiment fin de ma part.

Focus, *Laura ! T'en as assez fait ! Déjà qu'hier soir, t'as été trop fine au souper !*

Je prends une longue inspiration, incertaine d'avoir la force d'accomplir le sabotage que j'ai en tête. Je regarde le gâteau sous sa belle cloche de verre. Je tends le cou pour voir leurs visages se profiler au salon. Marie-Douce est assise entre ma mère et son père, la tête appuyée sur l'épaule de celui-ci.

On dirait une vraie famille.

Papa, maman, enfant.

J'ai le cœur dans la gorge. Je déteste cette nouvelle famille et tout ce qu'elle représente ! Mon père, lui, où trouve-t-il sa place dans ce beau portrait, han ?

Je serre les dents.

Me joindre à eux serait baisser les armes, ce qui n'est pas mon genre. Quand j'ai quelque chose dans la tête, je ne l'ai pas dans les pieds, comme dirait ma grand-mère. Focus, *Laura !* Pense à ton père qui doit être en train de se préparer à revenir à l'heure qu'il est. Pense à ta vie d'avant. La paix, et l'espoir de retrouver ta « vraie » famille.

Sans réfléchir davantage, je saisis la cloche de verre et découvre le gâteau. L'œuvre d'art que Marie-Douce garde pour la fête de son père, demain. Avec un couteau de fantaisie, je plante la lame dans la garniture verte. Je me découpe une belle pointe dans le coin du faux terrain. Un carré vert tombe dans mon assiette.

Concentrée sur mon projet de sabotage, je n'ai pas entendu les pas de Marie-Douce venir en direction de la cuisine.

— Laura, qu'est-ce que tu fais ?

Il ne lui faut pas plus de deux secondes pour voir le gâteau gâché. Son regard se voile, sa bouche ne devient qu'un trait, ses poings se serrent si fort que ses jointures blanchissent.

Je vois que son menton se crispe, que sa lèvre inférieure tremble. *Wow*, quelle piètre adversaire ! Zut ! C'est trop facile, elle va presque réussir à me faire sentir coupable. Je pince les lèvres à mon tour.

— Alors, c'est comme ça ? demande-t-elle en retenant ses larmes avec peine.

— Oui, c'est comme ça ! Me détestes-tu, maintenant ?

Ma question est méchante, je me surprends moi-même.

— C'est ça que tu veux ? me demande-t-elle, les yeux ronds d'incrédulité.

Mes derniers mots me laissent un goût amer dans la bouche, mais je n'ai pas le choix. Il faut casser cette amitié naissante, si on peut l'appeler ainsi.

— Qu'est-ce que t'en penses ?

Chapitre 18

Pleurnichage secret

L'œuvre que j'ai mis des heures à préparer pour la fête de papa est gâchée à cause de Laura. J'avais tout fait de mes mains : mesurer et mélanger la farine, la poudre à pâte, le cacao, tout ! Sur le coup de la colère, j'ai failli le lui écraser en plein visage et lui insérer du crémage dans les oreilles. Je me suis retenue parce que je sais que c'est ce qu'elle souhaite et je n'aurais pas été plus avancée ; je n'aurais jamais pu réparer mon gâteau.

Elle cherche à mettre la bisbille entre nous. Je dois être plus forte, et ce dans toutes les situations. Plus que le simple désir de déménager, je vois bien qu'elle est jalouse ! Surtout que je commence à mieux connaître sa mère. C'est elle qui m'a dit comment m'y prendre pour faire le mélange. C'était notre première activité ensemble. Laura s'est comportée comme un bébé gâté.

Je l'aime beaucoup, Nathalie, et je croyais pouvoir aimer Laura aussi, malgré le faux départ que nous avons pris. Après le bain de Trucker, puis notre punition commune, le calme semblait s'être installé entre nous. Tout cela, ce n'était qu'une illusion. Un beau rêve que je me suis imaginé. Des larmes montent sous mes paupières et je ne peux plus les contrôler.

J'ai couru à ma chambre avec la ferme intention de claquer la porte de toutes mes forces. Puis je me suis ravisée. Je ne voulais pas attirer l'attention de nos parents, car c'est en plein ce que Laura veut. Elle ne m'aura pas !

Si elle croit que je ne vois pas clair dans son jeu, elle se trompe. Elle ambitionne de rendre ma vie difficile pour que j'aille me plaindre à mon père, qui la grondera. Laura se plaindra à sa mère que mon père n'est pas le sien et qu'il n'a aucun droit de la chicaner. Nathalie prendra le côté de sa fille… et Laura aura gagné. Nos parents seront en conflit. Bravo Laura !

Son plan est évident.

Si je veux déjouer ses mauvais tours, la première chose est de ne pas leur porter d'attention.

Assise sur mon lit, je tends la main vers la boîte de mouchoirs pour essuyer mes joues maintenant couvertes de larmes. Quel bébé je fais ! Je dois apprendre à ne pas capoter. Je dois rester calme. Si je n'y arrive pas, Laura gagnera.

Mon père est heureux depuis que Nathalie vit avec nous, je le vois à son visage, à son sourire, à sa façon d'être plus patient. De plus, j'ai toujours rêvé d'avoir une sœur. C'est vrai, Laura n'est pas la meilleure candidate, mais quand on a une véritable sœur, on ne la choisit pas, n'est-ce pas?

En attendant, je dois me redresser, serrer les dents et attendre qu'elle accepte le fait qu'elle est ici pour rester.

Je me permets quelques minutes de pleurnichage, ça fait du bien! Mais pas trop longtemps.

J'ai un gâteau à réparer.

Chapitre 19

Certaine de chez certaine !

Laura12
Corentin, je dois te parler tout de suite !

CocoLeClown
Au parc dans 10 minutes !

Laura12
OK.

Une chance que Corentin est là. Je crois que je vais vomir. J'ai besoin de me confesser, je panique RAIDE. Mon cœur bat vite, puis ralentit, puis accélère ! Ça y est, je crois que je fais une crise cardiaque. C'est possible, à treize ans ? Oui ! Tout est possible, surtout avec tous ces produits chimiques dans notre bouffe !

En réalité, ce ne sont pas les produits chimiques ni le hasard qui me rendent malade. C'est mon sentiment de culpabilité qui me rend folle. Maudite soit Marie-Douce Brisson-Bissonnette, elle a réussi à me faire sentir méchante avec son pleurnichage !

J'ai manqué mon coup. En gâchant le gâteau de Marie-Douce, je voulais qu'elle se fâche, qu'elle aille me *stooler* à son père. Je pensais accélérer le processus. J'espérais créer des vagues, faire chavirer sa grande patience et que son éternelle bonté prenne le bord ! Au lieu de ça, elle m'a adressé un regard triste, désappointé. J'ai vu dans ses yeux qu'elle lisait en moi. Elle a deviné que mon but n'était pas seulement de lui faire du mal, mais surtout de la faire réagir ! Qu'elle soit si fâchée qu'elle fasse tout pour que ma mère et moi quittions sa maison ! Qu'a-t-elle fait à la place ? Rien ! Elle n'a même pas levé le ton. Elle s'est contentée de me lancer un regard douloureux qui m'a fait mal au cœur. Tout ce que j'ai vu dans son expression, c'est que ce que je venais de faire était idiot, inutile et méchant.

Il faut que je sorte d'ici, que je fasse le point.

Corentin m'attend sur notre butte habituelle, près du dépanneur. J'ai quelques dollars dans ma poche, autant les dépenser. De plus, le gâteau de Marie-Douce était très sucré. Ça doit être ça, la nausée qui monte dans ma gorge.

— Viens, lui dis-je dès qu'il s'approche. J'ai besoin d'acheter de l'eau.

Corentin incline sa belle tête brune, l'air interrogateur.

— Mais qu'est-ce que vous avez toutes à dépenser votre fric pour de l'eau ! Les robinets, vous ne connaissez pas ça, au Québec ?

— Qui ça, « toutes » ?

— Marie-Douce achète de l'eau au retour de ses cours de karaté.

Les mains sur les hanches, je m'approche pour arriver nez à nez avec lui. Enfin, nez à menton, il est pas mal plus grand que moi.

— Parlant de Marie-Douce, j'ai pas encore vu la couleur de ton plan à tout casser.

— Ça arrive. Je l'ai pas revue, c'est tout ! Mais toi, t'avais l'air en crise de panique tout à l'heure. Raconte !

À cette question, j'ai un haut-le-cœur. J'aurais pas dû parler à Corentin, je n'ai pas le goût de lui raconter à quel point je suis un monstre.

— C'est difficile, t'sais, de jouer les méchantes.

Corentin fronce les sourcils, intrigué.

— Qu'est-ce que t'as fait de mal ?

Je ravale ma salive. Même s'il est mon complice, j'ai soudain peur que Corentin me trouve trop cruelle.

— J'ai coupé le gâteau de fête qu'elle a fait pour son père…

— Ah ?

— La fête est… demain…

Corentin hésite. Il semble se demander s'il doit me féliciter pour mon geste ou en être scandalisé.

— Oh ! C'est « chien » ça, comme vous dites…

Je regarde mon ami en levant les sourcils et les mains.

— Dis pas ça, tu me fais sentir encore plus mal ! Je le sais que c'est chien d'avoir fait ça !

Il prend quelques secondes, l'air songeur, avant de me demander :

— Elle s'est donné beaucoup de mal pour faire ce gâteau ?

Je baisse la tête.

— Oui, elle a tout fait elle-même ! Avec de la farine blanche et du chocolat fondu à la casserole. Elle s'est donné beaucoup de trouble. Ah ! Corentin, elle n'a même pas crié. Elle s'est même pas fâchée !

— T'espérais qu'elle pète un câble…

– T'as tout compris ! Mais cette fille-là est si imprévisible ! Je ne sais plus quoi faire pour qu'elle veuille me mettre à la porte. Je veux dire *nous* mettre à la porte, ma mère et moi.

Un mince sourire anime les lèvres de Corentin. Son expression est indéchiffrable. A-t-il, comme moi, des doutes sur mon projet ?

– Tu veux t'assurer de pourrir votre relation ? Même si ça lui fera du mal ?

Du bout du pied, je joue avec un caillou, fuyant son regard, le temps de réfléchir. Il y a Dracule, mais suis-je prête à n'importe quoi pour un chat ? Au bout de quelques secondes, après avoir revu le visage de mon père dans mes souvenirs, je relève la tête, prête à affronter vents et marées.

– Oui, Corentin. Il le faut, c'est vital.

Chapitre 20

Malaise au McDo...

Nous sommes au McDo. Notre sortie hebdomadaire du mercredi, père-fille, se fait toujours ici. J'adore les petits cadeaux qui viennent avec les Joyeux Festins. Une autre confession que Laura ne doit pas entendre… Je ne suis plus d'âge à choisir le menu pour enfants, mais mon père comprend mon *trip* et respecte mon choix. Il m'a d'ailleurs promis à maintes reprises de ne jamais le révéler à qui que ce soit.

Nous avons fêté son anniversaire, hier soir. Laura n'a rien dit lorsqu'elle a vu le gâteau en version « révisée ». Je n'ai eu qu'à couper le côté endommagé en entier, remettre du glaçage, fabriquer quelques fleurs pour camoufler les imperfections, et voilà ! L'œuvre était presque sans défaut.

J'ai lancé un petit sourire vainqueur à Laura, qui a détourné le regard, l'air confus. Cette fille est un réel mystère. J'étais incapable de dire à coup sûr si elle était soulagée que j'aie réparé son « erreur » ou fâchée d'avoir manqué sa tentative de démarrer une guerre entre nous.

Mon père m'observe alors que je rêvasse au mystère qu'est Laura St-Amour. Il frotte sa barbe châtaine qui pousse depuis la fin de semaine précédente, un sourire amusé aux lèvres. Une présence s'arrête près de notre table. Nous relevons les yeux et apercevons mon prof de français, madame Lacerte, qui nous dévisage avec sa face de grenouille. Mais que fait-elle là, celle-là, avec ses cheveux d'un gris presque vert?

Dans mon esprit, les profs sont comme une espèce à part. Qu'ils soient blonds, gris ou roux, gros ou maigres, ils ont tous la même particularité : ils sont programmés pour enseigner.

Bref, Madame Lacerte a peut-être un prénom, c'est peut-être un humain, mais je n'en serai jamais tout à fait convaincue. A-t-elle un portefeuille pour payer son repas? Une vraie maison? Va-t-elle aux toilettes comme tout le monde? Ça reste à vérifier. Hors de sa salle de classe, elle me semble bizarre. Comme si j'avais sorti Betty et Véronica de leur bande dessinée ou quelque chose du genre.

— Bonsoir, madame Lacerte, la salue mon père avec politesse.

— Bonsoir, monsieur Brisson et Marie-Douce! Comment vas-tu, trésor? Et la petite Laura? Elle n'est pas avec vous? Hum, c'est vrai qu'elle… que vous… hum, vous et sa mère…?

Voilà que madame Lacerte va à la pêche aux potins sous mes yeux! Ah! C'est un humain, c'est sûr! Hum, vient-elle de m'appeler «trésor»? Ah non, pas une autre vieille fille ou nouvelle divorcée qui a des vues sur mon père!

Oui, Laura, votre élève favorite, habite chez nous. Mon père est amoureux de sa mère. Je commence à trouver que vous êtes pas mal curieuse!

Mais je n'ai pas dit ça, je n'ai pas ce genre de culot! Ce serait mal me connaître. Non, ce que j'ai dit ressemble plutôt à «... » Rien-du-tout, en fait. J'ai regardé mon père, les yeux ronds comme des billes, impatiente de voir comment il s'y prendrait pour se défiler.

— Si vous avez des choses à communiquer à la mère de Laura au sujet de sa fille, je vous invite à lui téléphoner, dit-il.

Ben voilà! C'est bien mon père ça, diplomate, poli, sûr de lui. Ah! Mon idole!

— Naturellement. Bon, je vous souhaite le bonsoir.

Je salue madame Lacerte d'un geste de la main jusqu'à ce qu'elle disparaisse dans la file d'attente pour se commander une McSalade quelconque. Je sais qu'elle préconise la saine alimentation avant tout. Si madame Lacerte touche à un Big Mac, je tombe de ma chaise.

Et là, mon père me regarde avec un air si gêné que je pleure presque pour lui.

– Hum, Marie-Douce, commence-t-il, je sais que ta mère n'est pas présente pour discuter de ça avec toi, alors, hum, je me disais, que, hum…

– Papa, est-ce que ça va ?

On dirait qu'il a avalé son lait frappé de travers.

– Oui, oui, ça va. Donc, je me demandais si… car tu sais, t'as déjà treize ans, et… bientôt, tu seras une femme, et…

Sous la menace d'une conversation qui prend un chemin honteusement dangereux, mes yeux s'agrandissent d'horreur.

– Papa ! On est au McDo !

– Hum, je sais, mais j'ai pensé que tu ne voudrais peut-être pas qu'on parle de ça à la maison.

– À cause de Laura ?

– Oui… Au fait, vous avez l'air de mieux vous entendre toutes les deux ! s'exclame-t-il, soulagé d'éviter son premier sujet.

Mieux nous entendre ? Pauvre papa, si tu savais ce qui se trame sous ton nez !

Réduite à mentir pour ne pas éveiller les doutes de mon père – je ne veux RIEN faire pour aider Laura dans l'exécution de ses plans –, je prends le chemin facile.

– Nous nous adaptons l'une à l'autre.

« Nous nous *mesurons* l'une à l'autre », aurait été plus juste. Je pourrais même dire : « Je déjoue ses mauvais coups ! »

— Je l'espère bien…

— Elle est convaincue qu'elle ne restera pas longtemps, dis-je, les yeux sur mes frites.

— Où est-ce qu'elle irait ? demande mon père, intrigué.

Je hausse les épaules en saisissant une autre frite.

— Là où Nathalie ira.

— OK, alors elle devra se faire à l'idée parce que Nathalie va rester avec nous.

— Oh, papa, je l'espère !

Mon père me lance un regard inquiet, ouvre la bouche, la referme avant de saisir une frite. J'ai l'impression qu'il a autre chose à dire… Se doute-t-il de quelque chose à propos de l'horrible relation que Laura et moi entretenons ? Oh mon Dieu, j'espère qu'il ne me cache pas quelque chose ! Peut-être autre chose qui n'aurait aucun lien avec Nathalie ? La dernière fois qu'il a eu cet air, c'était pour m'annoncer que ma mère revenait dans les parages. Avec tout ce qui se passe dans ma vie, je n'ai pas besoin des petits drames que Miranda répand partout où elle passe! Après un silence de quelques secondes, il sourit.

— Je suis heureux que tu le voies comme ça, j'ai eu peur que ça ne fonctionne pas entre Laura et toi.

— Ça, ça reste à voir. Tu sais, si on pouvait aller chercher son chat, ça aiderait beaucoup la situation… J'ai testé mes allergies avec le chat de madame Giguère, tu sais la voisine au coin de la rue Saint-Louis? J'ai même pas éternué! Pas un seul picotement!

— J'ai dit non, Marie-Douce. Arrête d'essayer, tu sais que je ne reviens jamais sur mes décisions.

— Mais…

Zut! Il ne comprend pas. Il ne sait pas à quel point je suis prête à endurer mes allergies pour avoir une relation plus facile avec Laura. Ce n'est pas vrai pour le chat de madame Giguère, je ne l'ai pas touché. C'est un gros matou inapprochable et pas gentil du tout.

Mon père s'adosse à son siège, prêt à reprendre la conversation sur le thème douloureux de mon éducation sexuelle!

— Alors, je disais que t'as maintenant treize ans et…

Coupez! Quelqu'un! Coupez cette scène!

– Ah papa, j'ai oublié de te dire, je suis vraiment désolée pour l'eau que Trucker a fait voler partout dans ta chambre. Si j'avais su…

– Ça va aller, c'est ramassé. Ce que j'essaie de dire c'est que, maintenant que t'es à l'école secondaire, t'sais, les garçons…

Zuuut, l'y revoilà. Le sujet est ouvert, le mal est fait. Il ne me reste plus qu'à désamorcer la bombe.

Où est le sachet de vinaigre ? J'ai une envie soudaine de m'étouffer avec…

– Papa… oublie ça ! Je ne suis même pas capable de parler à un garçon, encore moins lui tomber dans les bras. T'as pas à t'inquiéter, lui dis-je d'un air assuré.

À ces mots, mon père se dégonfle et je vois naître un calme serein dans son regard.

– Viens, le film va bientôt commencer.

Une soirée cinéma, un bon film épeurant avec papa, en pleine semaine en plus ! C'est qui la fille la plus heureuse de la Terre ?

Chapitre 21

Ma face de poker

Enfin une soirée seule avec ma mère! Dès l'instant où Hugo et Marie-Douce ont refermé la porte derrière eux, maman m'a lancé un regard complice. C'est la première fois depuis notre déménagement que nous avons du temps à nous!

— On engouffre une fondue au chocolat devant *Pretty in Pink*?

Traduction française: *Rose bonbon*. Notre film fétiche. Il date du début des années 80, mon époque favorite. L'héroïne est une fille très spéciale, un peu «rejet», mais originale dans son style vestimentaire. Elle travaille dans un magasin de disques, des vrais disques en vinyle comme dans le temps de ma grand-mère. Elle a un ami comique qui est amoureux d'elle, alors qu'elle est amoureuse d'un beau garçon riche. Elle fabrique ses vêtements elle-même, mais la mode de cette époque-là, c'est… oufff! Pas mal bizarre. Des motifs fleuris, d'énormes bijoux, beaucoup de perles, des chapeaux, des bas roulés aux chevilles dans des souliers habillés. Vraiment rien de commun avec la mode actuelle. C'est ça qui fait le charme du film. Ça, et la belle histoire d'amour qui nous tient au bout de notre siège jusqu'à la toute fin! Eh oui, je suis quétaine, c'est atroce… Inavouable en public. C'est comme pour *Twilight*, un secret sacré dans ma vie.

– Tu coupes les bananes et je fais les fraises, ordonne ma mère avec un sourire.

– On a des guimauves?

Alors qu'elle se redresse après avoir fouillé dans le garde-manger, elle m'en lance une.

– Attrape!

Elles sont énormes!

– *Cool!* Des guimauves bleues géantes!

– Va tout installer sur la table basse, j'apporte le chocolat fondu, dit-elle en ouvrant le four à micro-ondes.

Nous prenons toutes les précautions inimaginables pour ne plus avoir à nous relever de notre sofa. Fruits, guimauves, chocolat, verres de 7Up sont placés sur la table du salon.

Ma mère s'installe à mes côtés, mais quelque chose ne va pas. Elle tient la manette, pourtant elle ne fait pas jouer le DVD. Elle me dévisage.

Ah! Je reconnais ce regard. C'est son air maternel soucieux, celui qui indique sans l'ombre d'un doute qu'elle se prépare à une discussion sérieuse avec son ado: moi. Au premier abord, j'essaie de l'ignorer, de faire semblant qu'elle ne tente pas de me passer un message muet par son air grave. Puis, au bout d'une longue minute sans nous adresser la parole, l'écran figé sur le visage de Molly Ringwald, je pousse un long soupir avant d'attaquer.

— Quoi ? Pourquoi est-ce que tu ne démarres pas le film, maman ?

Elle dépose la manette sur la table, juste à côté du bol de chocolat fondu. Seigneur ! Mais qu'est-ce qu'elle a ?

— J'aimerais te parler, Laura.

Arfff... LA phrase qu'on ne veut pas entendre...

Je ferme les yeux, angoissée. Les séances qui débutent par « j'aimerais te parler » ne se terminent jamais bien, entre elle et moi. Souvent, une porte claquée – par moi – sert de conclusion à nos conversations animées.

— Ah, maman ! Est-ce qu'on peut laisser faire les grands débats, s'il te plaît ? Le chocolat va refroidir et on n'y aura même pas goûté ! Sans parler du film qu'on ne pourra pas terminer parce que demain, il y a de l'école et que tu refuses de me laisser me coucher après 9 h le soir. *Go !* Pèse sur *play*, s'il te plaaaaaaît !

Elle secoue la tête, l'air sérieux.

— Non, ma chouette, c'est important.

Ma mère me fait sa face des grands jours. Le genre de jour où tu te fais annoncer que tu vas déménager. Le genre de jour où tu apprends que tu n'auras plus d'intimité parce qu'on vient de t'inventer une nouvelle demi-sœur ! La dernière fois qu'elle a voulu me « parler », c'était pour m'annoncer ça !

Soudain, il me vient un espoir…

— Est-ce que papa a téléphoné ?

Mon cœur bat la chamade, la joie m'emporte juste à l'idée qu'un appel de mon père puisse être possible ! Le regard que je pose sur ma mère est intense. J'attends sa réponse avec impatience.

À ma grande déception, elle secoue la tête. Je ravale ma salive avec difficulté, ma gorge se serre. Ç'aurait été trop beau pour être vrai.

— C'est pas de lui qu'il est question, dit-elle.

Ma tristesse est si vive que je n'ai même plus faim pour le succulent chocolat qui, quelques minutes auparavant, me faisait saliver d'envie.

— Maman, ma vie est déjà gâchée. Tu ne peux rien faire de plus pour me la détruire davantage.

La main de maman se pose sur mon genou avec affection. Malgré moi, j'ai un mouvement de recul à son contact. Mon geste l'attriste, je le vois sur son visage.

— J'essaie pas de détruire ta vie, au contraire, murmure-t-elle.

Je m'affale contre les coussins du sofa en croisant les jambes et les bras. Je ferme les yeux et j'attends. Dans cette position, je suis comme dans une coquille qui me protège de tout, même des mots de ma mère.

— Vas-y, je t'écoute.

— Laura, regarde-moi ! J'aime pas parler à un mur.

Vieux truc, que celui de clore les paupières. Je fais ça depuis que je suis toute petite. Les yeux fermés, on peut faire semblant que la situation déplaisante n'existe plus. Ma mère déteste ça.

— Je t'écoute même si j'ai les yeux fermés.

Sous mes paupières, je vois du noir, mais aussi des taches bleues, vertes, rouges. J'entends ma mère soupirer et je la sens faire un mouvement vers la table à café. Curieuse, j'entrouvre un œil. *Yesss !* Elle a saisi la manette ! Elle abandonne ! J'en suis heureuse parce que tout ce qui ne concerne pas le retour de mon père, je ne veux même pas en entendre parler.

— Je voulais juste que tu saches que je suis consciente que ce n'est pas facile pour toi, cette adaptation.

Maman semble inquiète. Je pourrais renchérir avec ma rengaine habituelle, mais je vois à son regard qu'elle espère m'entendre lui répondre que tout va bien. J'aimerais beaucoup lui assurer que je suis heureuse, mais c'est peine perdue. Cela ne veut pas dire que je doive lui avouer toute ma tristesse.

Avec un élan forcé, je plaque un sourire presque naturel sur mon visage.

– Ça ira, maman. Je vais mieux, je m'habitue et je sais que t'es heureuse ici. Maintenant que ceci est réglé, on écoute le film ?

Me voilà désormais avec une liste de missions :

- -

⚡ Faire fâcher Marie-Douce pour qu'elle veuille se débarrasser de moi, ce qui la motiverait à m'aider à séparer nos parents.

⚡ Espionner ses copines pour trouver des trucs incriminants sur Marie-Douce.

⚡ Séparer ma mère et Hugo (les deux premiers points servent cette cause).

⚡ Faire tout ça en gardant l'apparence d'une fille en contrôle de la situation et surtout, observer Marie-Douce de plus près pour mieux décider de mes prochaines actions !

- -

Chapitre 22

Un méga dégât !

Déjà jeudi! Quand je suis arrivée hier soir, après ma sortie avec papa, Laura dormait déjà. C'était bizarre de constater que j'étais mi-déçue, mi-soulagée de ne pas pouvoir, ou plutôt devrais-je dire «devoir», lui parler. Peut-être un jour pourrons-nous discuter quelques minutes en toute amitié avant de dormir. Il me semble que ça serait le *fun*.

Il me faut oublier ce beau rêve pour l'instant. Ce que j'ai dans ma chambre, ce n'est pas une demi-sœur amicale. Oh que non! C'est plutôt une bombe à retardement. J'entends d'ici le tic-tac du compte à rebours qui déclenchera l'explosion. Un jour, ça va faire POW! C'est sûr. Il y a des moments où je me dis qu'une fois le pire passé, nous aurons peut-être une chance de démarrer sur de nouvelles bases. *Peut-être…* songe la rêveuse en moi.

Avant de monter à ma chambre et de découvrir Laura endormie, j'ai croisé Nathalie qui m'a prise dans ses bras comme si quelque chose d'important venait de se produire. Je l'ai sentie agitée, je ne comprenais pas trop pourquoi. Par-dessus son épaule, j'ai jeté un regard interrogateur à mon père qui s'est contenté de hausser les épaules.

J'étais trop fatiguée pour commencer à me poser tout plein de questions. J'avais assez de mes propres problèmes. Je me suis dit que si quelque chose la tracassait, elle allait m'en parler. Peut-être est-elle inquiète de la discorde entre Laura et moi ? Ça doit être ça… Peut-être est-elle déjà attachée à moi en tant que sa belle-fille et c'est sa façon de le montrer ? Allez savoir…

— Salut, ma puce, t'as passé une belle soirée ? m'a-t-elle demandé.

Ma puce… mon père m'appelle comme ça. Le fait que Nathalie le fasse aussi me fait très plaisir. C'est signe qu'elle se rapproche de moi. Plus vite que sa fille en tout cas !

— Bien sûr… J'ai un peu mal au cœur parce que j'ai trop mangé de *popcorn* en plus de mes croquettes de poulet du McDo, mais à part ça, c'était génial !

J'entame les premières marches pour monter vers ma chambre, puis je m'arrête et me retourne vers eux.

— Nathalie, je suis très contente que tu sois ici. Je voulais que tu le saches.

— Je le suis moi aussi, ma puce. Fais de beaux rêves.

Eh bien, voilà ! Elle m'aime, c'est tout ! Il faut que j'arrête de tout analyser…

Rêver… Il me semble que je ne fais que ça jour et nuit.

Ce matin, Laura s'est levée avant moi et elle a pris d'assaut la salle de bains. Sa douche allait être loooongue, c'était écrit dans le ciel. J'aurais pu aller dans l'autre salle de bains, mais tout mon nécessaire de toilette était enfermé avec Laura. Pas grave, j'ai décidé d'être patiente.

La journée a débuté sur une drôle de note. Laura me regardait comme si j'étais une Martienne, sans me parler ni me poser de questions. J'ai senti qu'elle m'observait et qu'elle semblait porter attention à mes moindres gestes. À un certain moment, j'ai raclé ma gorge et elle a cru que j'avais parlé. Elle n'a jamais été si rapide à s'inquiéter de n'avoir pas compris ce que j'avais à dire. Le moment où j'ai dû répondre «euh… rien, j'avais un chat dans la gorge, c'est tout» et que j'ai vu de la déception dans ses yeux, j'ai su qu'il se passait quelque chose de louche.

Pourquoi Laura St-Amour, qui ne veut rien savoir de moi depuis aussi loin que je puisse me rappeler, serait-elle tout à coup si intéressée? Saurais-je quelque chose qu'elle ne sait pas? Ou pire… sait-elle quelque chose que moi j'ignore? Tout ceci est bien confus. Laura ne cesse de me dérouter.

Aujourd'hui, je passe l'heure du lunch avec Samantha et Constance, comme d'habitude. Notre table est aussi occupée par Samuel Desjardins, le frère jumeau de Samantha, et ses cousins, Évance et Fabrice Fournier-Desjardins. Constance est leur demi-tante puisque leur grand-père Desjardins l'a eue avec sa deuxième épouse. Je suis au beau milieu d'un clan : tout le monde est parent avec tout le monde, sauf moi. Je suis comme « l'amie adoptive ».

Samantha et Samuel, je les appelle les « doubles Sam » pour les taquiner. Ils sont de faux jumeaux, tous deux rouquins et pas timides du tout ! La voix de Samantha est si puissante que je dois souvent lui demander de baisser le ton. Elle me donne des maux de tête.

Samuel, lui, ne parle pas aussi fort, mais quand il s'exprime, on l'entend. Il est du genre à s'adresser au prof en classe sans lever la main pour dire une niaiserie qui fait rire tout le monde. Pas plus tard qu'hier, il a déclaré à madame Lacerte qu'elle était bien en beauté avec son chandail. Elle a ri en hésitant, ne sachant pas si elle se faisait niaiser ou complimenter pour vrai. Samuel adore créer des malaises du genre. Avec lui, on ne sait jamais si on se fait tirer la pipe. D'après moi, la plupart du temps, quand Samuel ouvre la bouche, c'est pour se moquer des gens, mais ça, c'est ma théorie. Je peux me tromper.

Les cheveux de Samuel sont plus foncés, moins flamboyants que ceux de Samantha et il laisse son toupet tomber sur ses yeux bruns. Il a un beau visage, lorsqu'on prend le temps de l'observer, activité qui occupe d'ailleurs pas mal de mes temps libres. Très vif d'esprit, Samuel est baveux, mais il connaît les limites à ne pas franchir. Il n'a jamais intimidé personne. Au contraire, je l'ai vu défendre des plus petits contre d'autres. Ça m'a surpris, mais en même temps, il a gagné en charme à mes yeux grâce à ce geste.

Même si nous nous côtoyons tous les jours, il ne me parle pas souvent. Ce n'est pas surprenant, on n'a rien en commun. Il joue au hockey, il est dans les pee-wee pour une équipe régionale. En fait, il est bon dans tous les sports. Moi aussi j'ai de la facilité, mais personne ne l'a jamais remarqué. Normal, je ne m'en suis jamais vantée. Mes amis savent que je pratique le karaté et que je fais du ballet depuis que je suis haute comme trois pommes, mais je ne montre pas mes talents, ça me gêne. Je peux faire le grand écart même en position debout et tourner sur moi-même, je peux sauter en vrille et faire mille acrobaties. Seuls mes amis de compétition m'ont vue à l'œuvre. Dans les autres circonstances, comme à l'école, par exemple, je n'aime pas être le centre d'attention.

J'ai même un tiroir dans ma chambre pour cacher toutes mes médailles et une armoire pour mes trophées. Mon père me dit souvent : « Voyons, ma puce, tu devrais être fière et les montrer ! » J'ai un blocage à l'idée de dévoiler cette partie de ma vie à mes amies d'école : c'est mon jardin secret, ce n'est pas de leurs affaires. Je veux qu'on m'aime pour moi, et non pour mes médailles.

Et puis… c'est la seule chose qui me lie à ma mère que je ne vois jamais. C'est d'elle que je tiens cette flexibilité et cette agilité. Quand il s'agit de ma mère, j'ai toujours un sanglot qui menace de faire irruption et de trahir ma peine. Je reçois des nouvelles d'elle par Internet. Las Vegas, c'est loin d'ici… D'un autre côté, c'est peut-être mieux ainsi. Miranda n'est pas une mère comme les autres, à bien des points de vue. Quand elle est loin, j'ai tendance à oublier ses nombreux défauts.

Pour en revenir à Samuel, ce que je sais, c'est que Laura et lui n'en sont pas à leur première confrontation. Il la nargue tout le temps parce qu'il prend pour les Bruins de Boston et elle, pour les Canadiens. Je le soupçonne de l'aimer en cachette. J'ai souvent le goût de lui dire : « Allez, Samuel, un peu de courage !

Exprime tes sentiments ! T'es pas gêné d'habitude ! »,
mais je n'ai pas le front de le faire.

En réalité, je n'ai pas le goût de l'encourager à
s'ouvrir à Laura !

J'ai peut-être un petit béguin pour lui… Comme
bien d'autres filles, d'ailleurs…

Mais gênée comme je suis, je préfère ne pas attirer son attention. S'il se doutait de mon intérêt pour
lui, il me niaiserait, je ne saurais pas quoi répondre
et je fondrais de honte. Je n'oserais plus jamais
mettre le pied dans la classe, encore moins m'asseoir
à notre table de lunch – surtout que, mine de rien,
j'ai réussi à m'approcher de lui en changeant de
place avec Fabrice. Mon père devrait m'inscrire
à des cours par correspondance sur Internet et je
vivrais en recluse, comme un ermite qui ne sort plus
de sa maison. J'exagère à peine.

J'en suis à ces réflexions quand, tout à coup,
quelque chose d'inhabituel se produit. Une visite
inattendue ! Évance donne un coup de coude – trop
fort, bien sûr – à Fabrice qui hurle de douleur :
« Ayoye, maudit niaiseux ! »

— Regarde qui vient s'asseoir avec nous !
s'exclame Évance un peu trop fort.

— J'y crois pas ! rétorque Fabrice.

De leur côté, Samantha et Constance émettent un rire nerveux, folles de joie.

Devant moi, son plateau entre les mains, nulle autre que Laura St-Amour en personne me regarde avec un sourire.

Un sourire! Elle a de belles dents, je n'avais jamais remarqué.

— Vous me faites une place? demande-t-elle.

D'un mouvement vif, mes deux amies se tassent sur le long banc avec tant d'empressement que le coup de hanche de Samantha — qui fait deux fois mon poids — me pousse au plancher. Dans un grand paf! je me retrouve sur les fesses!

Dans ma chute, le plateau qui contenait mon dîner — un macaroni au fromage, un verre de lait, une soupe aux légumes et un pouding au citron — a glissé avec moi vers le sol. C'est dégueulasse! Je suis couverte d'une garniture mélangée de toutes les saveurs! J'en ai partout! Sur mes jeans, mon chandail, mes cheveux…

De toute part, les rires éclatent. Très vite, tous les élèves de la cafétéria me regardent en me pointant du doigt et en riant. Au lieu de crier à Samantha qu'elle aurait pu faire attention, je ferme les yeux un court moment. Je suis très embarrassée.

— Arrêtez de rire, espèces d'idiots! fait une voix forte au-dessus de ma tête.

C'est… c'est… Laura qui prend ma défense?

— Es-tu correcte? me demande-t-elle.

Je n'ose pas y croire. Sont-ce des mots gentils qu'elle m'adresse? Sans voix, je hoche la tête. Elle dépose son propre dîner sur la table, puis saisit mon plateau et me tend la main pour m'aider à me relever. Autour de nous, les rires se sont estompés comme par magie. Quand Laura parle, on l'écoute!

— Circulez! Y a rien à voir! s'écrie-t-elle. Samantha, va dire à madame Nobert qu'on a un dégât à nettoyer! Constance, demande à la secrétaire d'appeler ma mère, s'il te plaît, elle viendra lui porter des vêtements pour se changer.

— Je vais y aller, intervient Samuel à ma grande surprise. T'es certaine que ça va, Marie-Douce?

Samuel Desjardins s'occupe de moi! *Wow!*

Voyons, Marie-Douce, espèce de nouille, tu manges à sa table depuis des mois, c'est normal qu'il te demande si tu vas bien!

Mais jamais il ne s'intéresse à moi! C'est une première!

Vive les dégâts! Vive Samantha et ses manières rudes!

Ben quoi?… Grâce à mon humiliation publique, les deux personnes qui m'impressionnent le plus sont gentilles avec moi.

C'est beau, tout ça… mais j'ai faim, moi!

Chapitre 23

LA question à 100 $...
Qui tripe sur qui ?

Dans quelle galère me suis-je lancée? Moi et mes missions! Comment aurais-je pu prévoir que Samantha Desjardins s'énerverait à ce point? Elle était si excitée de me voir les approcher qu'elle a jeté Marie-Douce sur le sol pour me faire une place! Hallucinante, la fille!

À bien y songer, pour accomplir les magouilles que je planifie – c'est-à-dire découvrir la vraie nature de l'amitié qui lie Marie-Douce à ces idiotes –, l'attitude de Samantha à mon égard est parfaite.

Puisqu'elle m'idolâtre tant que ça, elle sera motivée à se confier à moi. Elle me dira tous les petits secrets que Marie-Douce lui aura révélés au fil des derniers mois: si Marie-Douce aime un garçon en particulier; si elle a parlé de moi dans mon dos; si elle a fait des mauvais coups qu'elle ne voudrait pas que son cher papa d'amour apprenne… Plein, plein de belles choses à découvrir!

Je soupire, irritée par mes propres émotions.

Pourquoi ai-je un si grand malaise à jouer avec mon « pouvoir » pour avancer dans ma mission? C'est comme si j'avais un ange sur l'épaule droite et un diable sur l'épaule gauche. Ils me parlent tous les deux!

Le petit diable me dit: « Prends toutes les occasions qui passent pour en savoir le plus possible et sers-toi des informations pour mettre Marie-Douce dans le trouble ! Comme ça, tu pourras aider ta cause, trouver les failles pour causer la guerre… »

Le petit ange me dit : « Voyons, Laura, tu ne peux pas manipuler les gens comme ça. Réfléchis un peu ! Marie-Douce ne t'a jamais rien fait… et puis, ce n'est pas si pire que ça de vivre avec elle… »

Sérieusement ?

Quand j'ai vu Marie-Douce tomber et son dîner se répandre sur elle, j'ai eu un coup au cœur. La première chose qui m'est venue à l'esprit, c'est de savoir si elle venait de se brûler avec sa soupe ! Puis, très vite, je me suis raisonnée. La soupe de notre petite cafétéria n'est jamais chaude. Je dirais plutôt qu'elle est servie tiède, comme si on économisait l'électricité pour chauffer nos plats. Il n'y avait donc aucun danger.

Lorsqu'elle a fermé les yeux, j'ai ressenti avec elle son humiliation. Si la même chose m'était arrivée à moi, je me serais relevée avec rage et Samantha aurait eu le reste de ma soupe sur la tête ! J'ai été charitable, cette fois-ci. Je ne suis pas un monstre, tout de même…

Il y a une chose que je ne comprends pas. Malgré qu'elle soit délicate et qu'elle semble bien fragile, Marie-Douce est capable de mettre Samantha au plancher – elle l'a fait avec moi la fois où on s'est chamaillées à cause de mon journal intime –, alors pourquoi se laisse-t-elle malmener comme ça ? Elle est ceinture brune de karaté ! Décidément, cette fille parfaite me surprend. Pourquoi est-elle toujours aussi « gentille » ?

C'est fatigant !

Comment faire la guerre avec une personne qui ne sait pas être méchante ?

Impossible.

Ma mère est venue porter des vêtements à Marie-Douce pour qu'elle puisse se changer. Sa visite n'est pas passée inaperçue. Maintenant, tout le monde pense que nous formons une famille. Samantha et Constance se sont mises à raconter aux autres, qui l'ont dit aux autres et ainsi de suite… « Laura est la demi-sœur de Marie-Douce ! Aaaah, tu ne savais pas ça ? Ben, moi, je suis allée chez elles, j'ai même vu leur chambre, tu devrais voir les *posters* que Laura a mis sur les murs… » *Bla bla bla bla !*

Malgré ça, j'ai tout de même forcé la note : j'ai ravalé mon envie de les envoyer promener et j'ai demandé à Corentin de passer du temps avec Marie-Douce (pas pour encourager leur amitié, seulement pour l'éloigner, elle ! Mon père dirait : « À la guerre, tous les moyens sont bons ! ») pendant que j'allais m'introduire dans leur petit clan.

Les Desjardins forment une famille très unie. Il n'y a que Samuel qui semble à part. Il endure sa sœur et ses cousins parce qu'il n'a pas le choix. Personne ne doit savoir que je pense ça : même s'il m'énerve souvent avec ses Bruins de Boston, il n'en reste pas moins que Samuel est l'un des plus beaux garçons de mon groupe de secondaire 1 et que nos conversations, même si c'est pour m'agacer, ne sont jamais ennuyantes. J'aime nos chicanes et toutes les niaiseries qu'on se dit presque chaque jour. J'adore faire semblant de le détester.

Ah ! S'il fallait que Samuel apprenne ça, je serais morte de honte. Même Corentin ne sait pas comment je me sens à l'égard de Samuel. Pas que j'en sois amoureuse ! Non, non, non ! Je ne fais que m'amuser. Parfois je me demande ce qu'il pense de moi. Puis, je me dis que je fais peut-être mieux de ne pas le savoir…

Bien sûr, les discussions que j'ai tous les jours avec Corentin ne sont pas comparables. Lui, c'est mon meilleur ami, mon confident. Parler avec Samuel, c'est… compliqué. Je suis sur mes gardes. Je ne sais jamais s'il va me niaiser ou simplement donner son opinion ou me dire quelque chose de gentil comme « Salut, ça va ? »

Pas plus tard qu'hier, j'étais à ma case, je rangeais mes livres, perdue (comme d'habitude) dans mes pensées et il est arrivé derrière moi. Il a touché mon épaule gauche pour ensuite se placer à ma droite. Juste pour me jouer un tour.

— Ah non, pas toi ! Qu'est-ce que tu veux ?

Ce que j'aime de Samuel, c'est qu'une rebuffade du genre ne l'impressionne pas. La plupart des gars se seraient sentis comme des petits chiens battus ! Mais pas Sam Desjardins, oh que non !

— Tu ne devineras pas, m'a-t-il dit en me fixant.

Il me rend toujours nerveuse. C'est con, mais c'est comme ça. J'ai retenu mon souffle, et je me suis efforcée de rouler les yeux pour ne pas qu'il sache à quel point j'étais contente qu'il ait fait le détour. Pourquoi ? Je me le demande encore.

— Dégage, Sam ! ai-je marmonné.

— Lau, arrête de penser que je veux juste t'écœurer, OK ?

Il m'avait encore appelée par ce diminutif que je n'accepte jamais de personne. C'est drôle, mais venant de lui, ça sonnait… comme… bien !

— Ils ont gagné en tirs de barrage, y a pas de quoi venir me baver avec ça !

Je faisais allusion à la partie de la veille. Les Bruins avaient battu les Canadiens 5 à 4. Mon cher P.K. Subban s'était donné à fond, mais les arbitres étaient contre nous! Trop de punitions. Bref, ce n'était pas juste. Sam a fait un geste impatient en passant sa main dans ses cheveux auburn. Ce faisant, il a tassé sa longue frange. *Wow!*... Il est vraiment beau quand il ne se cache pas derrière ses cheveux.

— Je voulais juste te dire allô…

Mon cœur s'est arrêté un instant.

— Quoi?

Son sourire s'est effacé.

— Laisse faire… Je dois y aller.

J'ai hoché la tête, troublée par son approche spontanée et surtout… inattendue. J'étais en colère contre moi-même et fâchée de mon attitude idiote. Il m'a fait un bref signe de tête avec un petit sourire avant de détaler vers ses amis, me laissant seule avec mes papillons dans l'estomac.

Samuel a toujours un petit sourire railleur au coin des lèvres, mais à ce moment-là, il avait délaissé son attitude habituelle. J'ai voulu essayer de trouver un sujet de conversation intelligent (histoire de faire durer cet instant qui aurait pu être, si j'avais été intelligente, MAGIQUE), mais il est parti trop vite. Encore aujourd'hui, tout ça me trotte dans la tête. Dois-je comprendre qu'il a décidé de changer d'attitude avec moi? C'était la première fois qu'il me parlait avec sérieux, sans essayer de me faire fâcher. Il voulait me dire allô? Juste allô… *Wow!*… Impossible…

Pourquoi est-ce que Sam me fait cet effet de FOU? Pourtant, il n'est pas plus beau que Corentin. Il n'est pas plus intelligent, ni plus charmant. Je n'arrive juste pas à comprendre c'est quoi, cette petite étincelle qui fait que Samuel Desjardins me rend épaisse, idiote, énervée, muette et… l'ai-je dit, ÉPAISSE? Alors que, de son côté, Corentin me calme. Avec lui tout est si facile. Flâner avec lui, c'est comme des vacances. Il est gentil, grand, fort, un brin mystérieux… Il plaît aux filles, ça c'est certain. Pourquoi est-ce qu'à moi, il ne fait pas le même effet? C'est bien bizarre, tout ça. Je commence à comprendre pourquoi les adultes n'arrêtent pas de dire que l'amour, c'est compliqué et difficile à décortiquer.

La grande gentillesse de Corentin cache sans doute autre chose que je n'aurais pas vu. Personne ne peut être si parfait. Zut! Il me vient à l'esprit que même s'il me connaît comme s'il m'avait tricotée, l'inverse est totalement faux. Je n'ai jamais vu sa maison ni ses parents, il ne parle pas de lui. Il concentre toute son attention sur les gens qui l'entourent et il ne cherche jamais à être le centre de l'univers (comme moi je le fais tout le temps !). Tout ce que je sais à son sujet, c'est qu'il habitait en France et qu'il a déménagé ici parce que son père travaille maintenant au Québec.

Je dois avouer que depuis qu'on se connaît, nous avons passé le plus clair de notre temps à parler de *mes* problèmes, de *mon* déménagement, de *ma* crainte que mon père ne revienne pas (je ne mentionne jamais Samuel à Corentin, il me semble que ça serait… euh… pas de ses affaires !). Bref, nous parlons de moi, moi, moi et encore de moi. C'est drôle que je ne m'en rende compte que maintenant. Quelle ingrate je fais ! Il doit commencer à me trouver plate ! Je devrai remédier à cette situation bientôt et m'intéresser à lui, pas juste à sa grande âme qui sait écouter.

À la pause de cet après-midi, Corentin, super gentil encore une fois, se charge de discuter avec Marie-Douce à l'écart, entre les fenêtres et les casiers de la salle F. Ce faisant, il me donne la chance d'aller dans le coin habituel des tante et nièce Desjardins, Constance et Samantha, près des toilettes des filles.

— Alors, expliquez-moi cette histoire de famille. Constance, tu ne peux pas être la tante de Samantha! T'es bien trop jeune!

Les deux amies rient avec plaisir. Comme si je ne pouvais pas deviner par moi-même que la mère de Constance était beaucoup plus jeune que son père. Ils ne sont pas les premiers à avoir une famille étrange… La mienne s'en vient assez *rock & roll* merci!

— Mon grand-père s'est remarié, m'explique Samantha, et Constance est née une semaine avant moi! C'est drôle non?

Je ravale mon agacement pour répondre avec patience.

— Très drôle, en effet…

Samantha dépose une main amicale sur mon épaule, je me force pour ne pas avoir un mouvement de recul. Elle est comme Marie-Douce! Pourquoi faut-il me toucher pour me parler? Je déteste ça!

— Et toi, tu habites avec Marie-Douce maintenant, n'est-ce pas?

— Oui…, c'est ça…

— Comment ça se passe? demande-t-elle. Ça doit être trop *cool*!

— C'est pas mal. Marie-Douce est assez tranquille comme fille… dis-je, prudente dans mes
confidences.

— Est-ce que vous échangez vos vêtements?
demande Constance.

Est-elle aveugle? Nos tailles sont trop différentes! À part peut-être les chandails pas trop
ajustés, il n'y a pas grand-chose qu'on puisse
échanger. En plus, avec les super chandails blanc
ou bleu marine que nous devons porter à l'école, il
ne reste plus beaucoup de latitude pour agencer les
vêtements! La journée « libre » s'en vient. Il faudra
payer deux dollars pour la fondation du cancer pour
mériter le droit de porter ce qu'on veut. Ce sera un
deux dollars bien investi! J'ai hâte!

— On n'a pas le même style…

— Est-ce que vous jasez jusqu'à très tard le soir
dans vos lits? enchaîne Samantha.

— Faites-vous la cuisine ensemble? ajoute
Constance.

Faire tout ça ensemble? Jaser, cuisiner…
échanger des vêtements? Elles sont folles! Je crois
que je vais vomir.

— Ça doit être le *fun*! soupire Samantha.

Alors qu'elles m'étourdissent de leurs questions, une boule de regret monte dans ma poitrine.

C'est vrai que notre situation aurait pu être *cool*.
C'est aussi vrai qu'il m'est déjà – souvent – arrivé
de souhaiter avoir une sœur avec qui partager mes
joies et mes peines, avec qui me chamailler tout en
sachant qu'on ne peut pas s'en vouloir bien longtemps. J'ai déjà rêvé de pouvoir discuter jusqu'à pas
d'heure avec une complice qui rigolerait avec moi.
Quelqu'un avec qui chuchoter en cachette parce
que maman nous aurait dit trois fois de nous taire.

Soupir…

– Ben… c'est-à-dire que ça ne fait que quelques jours…

Je coupe ma phrase, réfléchissant à comment
répondre à cette série de questions indiscrètes. Puis
je me dis, bon, ma vieille, si tu veux qu'on te donne
des infos, il faut que tu en donnes aussi ! Pas obligé
qu'elles soient vraies…

– Oui, c'est un peu comme ça que ça se passe.
On a beaucoup de *fun* à partager la même chambre.

D'un geste nerveux, je me gratte le nez, en partie
pour m'assurer qu'il ne s'allonge pas !

Samantha, rêveuse, colle ses mains l'une contre
l'autre.

– Je t'aurais prise comme nouvelle demi-sœur
n'importe quand, Laura. Marie-Douce est vraiment
chanceuse.

Je sourcille, surprise de ce commentaire. Elle voudrait m'avoir moi, comme demi-sœur ? Elle doit être tombée sur la tête, la pauvre fille !

— Nah, je ne suis pas une bonne demi-sœur, tu serais mieux avec Marie-Douce !

Samantha et Constance se regardent en clignant des yeux. Qu'ai-je donc dit de si surprenant ?

— Quoi ? Vous aimez pas Marie-Douce ?

Samantha secoue la tête.

— C'est pas ça… C'est juste que Marie-Douce est toujours parfaite, elle ne fait jamais rien de travers. Avec toi, on pourrait faire des mauvais coups, tu nous montrerais des choses que nos mères ne voudraient pas qu'on apprenne…

Hein ?

— Comme quoi ?

Ma voix a soudain vibré très haut. Quelle sorte de drôle de perception ces filles ont-elles de moi ?

— Ben, tu en connais beaucoup plus sur les gars que nous…

C'est à mon tour de cligner des paupières. J'en sais beaucoup, moi ? Je sais comment se font les bébés, je soupçonne que mes parents l'ont «fait» plus souvent que LA fois que ça leur a pris pour me fabriquer, et je sais que bien des jeunes font des choses que je n'oserais même pas imaginer !

J'ai fureté sur Internet et ce que j'ai trouvé, c'est dégueulasse. J'ai tout fermé et j'ai souhaité ne jamais devenir une adulte !

Alors, de là à être capable d'en montrer… Euh. Non. Ce n'est pas parce que je parais plus vieille que mon âge que je suis une experte en sexualité !

Gardons quand même leur illusion intacte. Ce n'est pas si désagréable de donner l'impression d'être mature et expérimentée. Allons-y avec LA question qui tue.

— Alors, laquelle de vous a déjà eu un chum ?

Les filles se dévisagent, les yeux ronds.

— Ben… euh… c'est-à-dire que… bredouille Constance.

— Aucune ! affirme Samantha.

Comment être surprise ? Ha, ha ! J'avoue apprécier son honnêteté. Constance semblait vouloir me faire croire le contraire.

— Un petit béguin, peut-être ?

Constance rougit et Samantha étouffe un rire nerveux.

— C'est gênant de te dire ça…

Je les pousse un peu. *Allez, parlez…*

— Allez, on est entre nous…

— Ben, Corentin est *cute*…

Bien sûr, pourquoi n'y ai-je pas songé ? Corentin n'est pas que *cute*, il est magnifique ! Mais ce n'est pas ce qui m'intéresse… Devrais-je aller droit au but ? Arfff, tant qu'à y être ! *Go Laura ! Pose tes questions directement, arrête de tourner autour du pot !*

— Et Marie-Douce ? Elle tripe sur quelqu'un en particulier ?

Constance grimace, comme si elle n'avait pas envie de parler de Marie-Douce.

— Elle regarde tout le temps Samuel, mais ne nous a rien dit à son sujet. Marie-Douce ne nous confie pas grand-chose, Laura. Il y a peut-être aussi Corentin. T'as vu ? Ils sont ensemble près des fenêtres. Tu crois qu'il la *cruise* ?

Je n'avais pas prévu qu'elles les verraient ensemble. Je jette un coup d'œil, juste pour voir de quoi ils ont l'air… D'ici, je n'entends pas leur conversation, mais mon ami semble très intéressé par ce que lui raconte Marie-Douce. Voilà qu'elle rit aux éclats ! Mmmm… pas certaine d'aimer ça…

— Corentin, s'intéresser à Marie-Douce ? Hé, hé, non, je ne crois pas. Elle l'aide pour le travail de maths, c'est tout !

J'invente n'importe quoi…

— Sans leurs livres ? demande Constance.

– Ils doivent avoir terminé ! De quoi est-ce qu'on parlait, déjà ? Ah oui, de Marie-Douce qui fixe souvent Samuel… Et lui, est-ce qu'il la regarde souvent aussi ?

Constance réfléchit quelques secondes.

– J'avoue que j'observe pas beaucoup mon neveu…

Elle regarde Samantha qui grimace.

– Tu penses que j'ai du temps à perdre à surveiller mon frère, renchérit Samantha. Arrrrk !

Puis, alors que toutes les deux se mettent à parler en même temps, Constance finit par affirmer :

– En fait, c'est toi qu'il passe son temps à regarder, t'as pas remarqué ?

À cette nouvelle, mon cœur s'anime de joie…

Samuel Desjardins s'intéresserait à moi ? Ce « allô » désastreux d'hier n'était donc pas anodin ? Ce serait ça, tout ce niaisage sur les Canadiens ? Lui aussi utiliserait cette conversation stupide sur le hockey pour me parler ? Ooooh !

Chapitre 24

Une idée folle

Corentin m'a emmenée derrière les cases, près des grandes fenêtres, pas loin du local d'anglais. En temps normal, lorsqu'elle s'éloigne de sa petite gang (Érica St-Onge et compagnie), c'est là que se tient Laura, pour passer les pauses à jaser avec son ami. C'est drôle que j'aie le privilège de prendre sa place aujourd'hui. Quelques regards nous suivent du milieu de la salle F, où Samuel est assis avec ses amis du pee-wee. Je remarque que, de plus en plus, il s'éloigne des membres de sa famille pour se tenir avec les hockeyeurs. Avec sa sœur qui doit lui faire honte à longucur dc journée, je ne le blâme pas!

À l'autre bout de la salle, sur notre banc de bois, j'aperçois mes copines, Constance et Samantha. D'habitude, Constance a le nez dans un bouquin et depuis quelque temps, Samantha joue aux cartes avec la bande d'Héloïse Chouinard. Mais pas aujourd'hui! Elles sont assises tranquilles et regardent souvent dans ma direction. Elles doivent se demander ce que je fais ici, à la place habituelle de Laura. D'ailleurs, Sabrina et Ève (amies de Laura) me dévisagent depuis tantôt. Seigneur! Un petit changement d'habitude et ça dérange tout le monde… La machine à rumeurs va-t-elle s'emballer? Je n'en serais pas surprise!

Parlant du loup, la voilà qui s'approche de mes amies ! Elle n'est pas normale aujourd'hui. Pourquoi se force-t-elle à jaser avec les Desjardins comme ça ? Curieuse, je plisse les yeux pour tâcher de mieux voir ce qui se passe, mais en vain. Laura me tourne le dos et mes deux amies cachent leur visage de leurs mains, de toute évidence pour rire d'une blague intéressante de Laura. En tout cas, intéressante pour elles, puisqu'on sait à quel point elles rêvent de se lier d'amitié avec ma fausse demi-sœur ! Elles sont bien naïves si elles croient que Laura a une sincère envie soudaine de les fréquenter. *Ben oui... mon œil...*

Je suis si prise par mes réflexions que Corentin doit me tirer par la main pour me forcer à m'asseoir près de lui.

— Hé, mademoiselle la Lune ! La Terre appelle Marie-Douce !

Je souris à Corentin. Voilà une autre surprise aujourd'hui, Corentin qui me tire par le bras dès que la cloche sonne pour la pause. « Viens ! » m'a-t-il dit en saisissant mon poignet. Je n'ai pas eu la chance de refuser... ni l'envie, à vrai dire ! Corentin avait raison, depuis que je connais ses origines, je veux dire « son père célèbre » et tout, on dirait que je ne le perçois plus de la même façon. J'ai l'impression qu'il vient d'une autre planète. Un bel extraterrestre qui se faufile dans notre école et qui confie à moi seule ses grands secrets. Je ne sais plus trop comment me comporter, comment parler. J'ai peur d'avoir l'air d'une nouille. Il doit avoir fréquenté des tas de personnes de la « haute société » ! Des filles comme moi, ça doit être nul pour lui. Pourquoi n'a-t-il pas révélé tout ça à Laura ? Pourquoi à moi ? Il a dû me faire confiance… Il a eu raison, je suis discrète de nature et j'ai toujours été une bonne confidente.

Maintenant, il soupire d'impatience parce que je suis distraite. Perdue dans mes pensées, je garde mes yeux rivés sur le visage lointain de Laura. C'est comme une vieille habitude. Mon père me dit souvent : « Vis le moment présent, ma puce, cesse de regarder la vie des autres ! » Je suis incorrigible… surtout lorsqu'il s'agit de Laura. Je suis faible, ce n'est pas de ma faute !

— Tu ne veux pas connaître mon fameux plan ? demande-t-il avec un sourire charmeur.

— Ton… plan ?

Il roule les yeux.

— Ne me dis pas que t'as oublié mon plan pour améliorer ta relation avec Laura ! Je ne te croirai pas ! T'avais l'air emballée l'autre jour…

Mon rire nerveux me trahit. Il a raison. Je ne fais que penser à ça depuis des jours.

— Aaaah, oui, ton plan !

Mon visage s'illumine, comme si ma mémoire revenait de très loin. Quelle super actrice je fais !

Il change de position sur la rampe qui longe la grande vitrine pour me faire face. Ses yeux bleus me transpercent d'un regard animé. C'est la première fois que je vois Corentin Cœur-de-Lion aussi agité !

— Il faudra que tu suives à la lettre ce que je vais te dire. Ma cousine l'a fait avec une de ses amies, et ç'a fonctionné comme par magie !

Je ravale ma salive, maintenant pendue à ses lèvres. Quel est donc ce super plan qui changera ma *viiiiie* ?

— C'est demain ou jamais !

— Pourquoi demain ?

— Parce que c'est la seule journée où on pourra porter ce qu'on veut.

Ah ! C'est vrai, c'est demain la journée libre. Déjà ! Je dois dire que je m'en fichais un peu, même si c'est pour une bonne cause.

— Donc, poursuit-il, demain, tu t'habilles pour l'impressionner, me dit-il sans autre préambule.

Je cligne les yeux quatre grosses fois, incertaine d'avoir bien compris.

– Par… pardon ?

Il lève une main pour couper court à mes protestations et sort un sac de plastique de son blouson.

– C'est quoi, ça ?

– Un t-shirt que la fille de l'attachée de presse de mon père a oublié chez nous après une baignade dans notre piscine intérieure. Ça ressemble à ce que Laura voudrait porter. Je la connais, elle est hyper prévisible. Tu la rendras verte de jalousie ! Tu vas voir, avec ça, elle va s'intéresser à toi, c'est sûr. Elle voudra savoir où tu l'as pris et te posera toutes les questions que vous vous posez entre filles quand vous parlez de fringues ! Vous pourrez discuter *shopping* et tu seras celle qui s'y connaît ! Tiens, je t'ai même écrit le nom d'un site Internet pour acheter ce genre de t-shirt, tu pourras lui refiler l'info si jamais elle te pose des questions.

Tout en parlant, il ouvre le sac pour en sortir un chandail noir au lettrage blanc à l'effigie d'un groupe rock des années 80 ainsi qu'un papier indiquant le nom du site Internet. Sur le vêtement, je lis tout haut : « Duran Duran ». Tout le monde sait que Laura a un sérieux penchant pour la musique de cette époque. Elle écoute du vieux Madonna, Prince, Michael Jackson, U2, Depeche Mode en plus d'adorer les films de cette période. La preuve, elle a tapissé les murs de notre chambre de posters d'artistes de cette époque!

— Oh! Corentin, c'est gentil, mais je… hum, je ne crois pas que ce soit une si bonne idée. Elle va dire que je copie sur elle! Elle va m'arracher les yeux!

Il incline la tête en haussant les sourcils. Je constate qu'il est surpris de ma résistance.

— Comment elle peut dire ça, alors que c'est un t-shirt tout à fait « pas rapport » comme vous dites? Il faudrait qu'elle soit très imbue d'elle-même… Vexé, il change de position, le front plissé par son expression ahurie.

— Tu ne me fais pas confiance, à ce que je vois, marmonne-t-il en laissant tomber le vêtement entre mes mains.

— C'est pas ça… euh…

Je saisis le chandail qui, pour être honnête, est très *cool*. Un coton de super qualité, un *boys band* rétro, les cheveux hérissés à la mode de l'ancien temps… J'ai bien envie de le porter. Ça me changerait de mes petites blouses blanches. Porter un chandail noir, cintré à la taille… je pourrais mettre les jeans que j'ai achetés avec mon argent de poche, il y a quelques semaines. J'avais beaucoup hésité parce qu'ils étaient troués aux genoux et que ce n'est pas mon style habituel. J'avais eu un élan pour ce genre de vêtements le jour où j'ai appris que Laura viendrait habiter avec nous. C'était avant de savoir qu'elle serait aussi hostile. Au moment de faire l'achat de ces jeans au *look* très semblable au sien, j'espérais encore me lier d'amitié avec elle dès la minute où elle franchirait le seuil de ma porte!

S'il y a une mince petite mini-chance que l'idée de Corentin m'aide à gagner l'estime de Laura, je serais idiote de ne pas sauter sur l'occasion. J'ai très envie de m'habiller comme elle, de parler comme elle, de lui ressembler! Sa proposition n'est pas sans charme…

Chapitre 25

Rôles inversés : qui court après qui maintenant ?

Le résultat de ma recherche pour trouver des choses sur Marie-Douce pour la mettre dans le trouble, c'est un gros zéro. Les filles n'ont fait que confirmer mes doutes : Marie-Douce Brisson-Bissonnette est parfaite. Je n'ai même pas réussi à leur tirer une petite méchanceté qu'elle aurait pu dire dans mon dos. Soit ses amies la protègent avec passion – ce qui n'a pas semblé être le cas –, soit Marie-Douce est un ange descendu du ciel. Sérieusement, elle commence à m'énerver.

Hier soir, elle avait son cours de ballet. Je ne l'ai pas vue avant ce matin. Elle a pris une longue douche, chose inhabituelle – en temps normal, elle est expéditive ! –, et a pris tout son temps pour s'habiller. J'ai chialé, c'est bien évident ! J'avais besoin de me préparer moi aussi ! À quoi sert d'avoir une salle de bains dans ma chambre si je n'y ai pas accès ?

– Une minute ! m'a-t-elle crié de l'autre côté de la porte. Ça sera pas long ! Tu peux utiliser celle du couloir, t'sais !

Ah, oui, j'ai oublié de mentionner que chez les Bissonnette, il y a cinq salles de bains. Une pour la chambre de Marie-Douce, une pour la chambre principale, une autre dans le couloir à l'étage des chambres, une autre au rez-de-chaussée et une dernière au sous-sol ! Cette maison a plus de salles de bains que l'appartement que j'habitais avec ma mère avait de pièces. Et on ne se pile pas sur les pieds, ici. Non, madame ! Dans chaque pièce, on pourrait jouer aux quilles. À bien y penser, pourquoi est-ce que je veux m'en aller d'ici déjà ? Cette maison est fa-bu-leu-seeeeeuh ! Ce sera dommage de la quitter.

Laura St-Amour, ne te laisse pas déconcentrer par la super maison !

N'oublie pas l'important : ton père, ta mère, ta vraie famille, ta vraie place dans la vie !

Peu importe si papa n'était jamais disposé à écouter tes histoires... ni à te consoler quand tu avais de la peine. Il était préoccupé, voilà tout ! Ne t'a-t-il pas promis plusieurs fois qu'il s'occuperait de toi à son retour ? Qu'il aurait du temps, plein de temps... Que tu étais sa princesse !

Ce n'est pas parce que Hugo Bissonnette est gentil, présent et veille sur toi que tu vas te laisser attendrir. Non, surtout pas !

Ce n'est pas parce que ta mère sourit tout le temps depuis que tu habites ici que tu vas te laisser ramollir... han ?

HAN ?

Mes propres réflexions m'étourdissent. Je dois arrêter de penser aux qualités d'Hugo Bissonnette. Tout de suite ! Il ne faut pas perdre de vue mes missions. J'étais si bien partie. Où est la photo de Dracule? Je vais la mettre bien en évidence sur ma table de chevet pour ne jamais oublier pourquoi je fais tout ça. J'en ai une de papa qui tient Dracule, c'est encore mieux!

La salle de bains du couloir, je l'aime moins, elle manque de vie. Tout y est si… propre. Le carrelage gris, l'énorme plante verte – un genre de palmier d'intérieur – qui trône à côté de la douche, la belle armoire antique et le lavabo avec un robinet semblable à une fontaine de luxe me donnent l'impression que je vais salir un musée. Un grognement à ma gauche attire mon attention. Trucker est installé dans la baignoire comme s'il s'agissait de son lit!

– Allez, chien-chien, sors de là! Laisse Laura se laver en paix!

Pourquoi est-ce que ma voix devient aussi aiguë quand je parle à ce chien? Il n'a pourtant rien d'un bébé mignon!

Il me regarde, gros tas de poils avec des yeux tristes, sans bouger d'un cheveu. J'essaie une autre approche.

– Trucker, debout!

Malgré mon ton maintenant autoritaire, il continue de me regarder. Son gros museau mouillé reçoit un coup de sa grande langue molle. Pouah !

— Allez, gros chien puant, sors de là tout de suite !

Il laisse échapper une plainte, « huuuuuuuuunnnnnhhh », avant de déposer sa grosse tête sur ses grosses pattes.

Je bous de colère. À cause de lui, je serai en retard pour l'école. Je pourrais aller sous la douche, mais je me sentirais « observée ». D'en bas, j'entends la voix de ma mère qui s'impatiente.

— Laura ! As-tu déjeuné ? Il est déjà 8 h 50 !

Zut ! C'est officiel, je suis en retard. J'ai quinze minutes pour me laver, me sécher les cheveux, m'habiller, manger et partir ! De la schnoutte ! J'oublie la douche pour aujourd'hui. Je vais me laver en « signe de croix », comme disait ma grand-mère, c'est-à-dire aller à l'essentiel avec une débarbouillette !

J'entends les pas de Marie-Douce dans l'escalier. Elle est prête, *elle* ! Grrrr ! Tout ça, c'est de sa faute ! Si elle n'avait pas monopolisé la douche aussi ! Dire que je la croyais parfaite ! Pfff !

— Bye, Nathalie ! Bonne journée, p'pa !

Qu'entends-je ? Elle est déjà partie ? Sans m'attendre ? C'est mon rôle, ça ! C'est moi qui pars sans l'attendre, c'est moi qui prends tout mon temps sous la douche! Mais… que se passe-t-il? Suis-je en train de me faire avoir à mon propre jeu?

Je cours à ma chambre… euh… pas *ma* chambre, je veux dire, celle de Marie-Douce, pour m'habiller. Jeans, t-shirt noir, celui de Duran Duran serait beau avec mes jeans troués… C'est le seul jour de l'année où l'on peut porter ce qu'on veut! Où est-il? Maman ne l'a pas encore déballé des boîtes, peut-être? Je fouille dans mes tiroirs… c'est la deuxième fois que je le cherche, ce t-shirt-là, c'est mon préféré! Je devrai demander à ma mère ce qu'elle en a fait. Pour l'instant, pas le temps de niaiser, je saisis mon chandail bleu que j'aime un peu moins. Pour aujourd'hui, ça fera l'affaire! Mes Converse…

Tiens, Marie-Douce n'a pas mis ses souliers de cuir, ils sont restés près de son lit. Drôle de fille. Elle possède des tas de paires différentes et elle porte toujours les mêmes chaussures brunes pas très belles.

– Laura! Si tu ne descends pas tout de suite, tu vas être en retard, s'écrie encore ma mère.

– Oui, oui, j'arrive!

Si je marche d'un bon pas en mangeant une banane en chemin, j'ai peut-être une chance de rattraper Marie-Douce!

Qui eût cru que je dirais ça un jour?

Chapitre 26

Tedum, tedum, tedum...

Vêtue du t-shirt noir à l'effigie de Duran Duran que Corentin m'a prêté, je me sens à la fois super *hot* et hyper angoissée ! Une minute, je me dis que Laura va adorer et la suivante, je suis convaincue qu'elle va rire de moi, me traiter de copieuse. Pour ajouter à mon aventure de « copiage », hier soir, avant de me rendre au ballet, je me suis arrêtée au magasin pour m'acheter... des Converse !

J'ai dû faire croire à papa que mes pieds ont trop grandi et que je me retrouvais sans souliers de course pour l'école. Je déteste mentir, mais ça valait la peine ! J'ai quand même pris le temps de choisir une couleur différente de ceux de Laura, je veux survivre à mes treize ans ! Ils sont rouges avec des lacets bleus, alors que les siens sont gris avec des lacets vert fluo.

Laïla, mon prof de danse, m'a dessiné un cœur avec son stylo sur le bout blanc, juste là où se trouvent mes orteils. Elle m'a dit d'un ton convaincant que tant qu'à porter des souliers des années 80, il fallait jouer le jeu jusqu'au bout. « Dans mon temps, on barbouillait des dessins sur le blanc ! Donne-moi ton pied ! » J'ai obéi et j'ai une belle œuvre d'art sur la pointe du pied droit !

Je passe en hâte dans la salle G (celle des secondaires 4 et 5) pour me rendre à la salle F, là où mes amies m'attendent. Constance et Samantha sont assises sur leur éternel banc, près des toilettes des filles. Elles sont en grande conversation au sujet de Laura – quelle surprise ! – et de ses interrogations… à mon sujet, paraît-il ! C'est du moins ce que je comprends lorsqu'elles commencent à me questionner au sujet de Laura.

– Oh *wow* ! Marie-Douce, toi et Laura, vous êtes de bonnes amies maintenant ?

– Qu'est-ce qui te fait dire ça ? Non ! Pas du tout !

Fidèles à leur habitude, les cousines se consultent du regard, cette fois-ci avec une expression de surprise, avant de me répondre.

– Elle nous a dit que vous vous entendiez super bien !

Quoi ?

– Non, c'est tout le contraire !

– Alors, pourquoi tu portes son t-shirt ?

Le chandail appartient à Laura ? Ben non ! Samantha dit n'importe quoi… Oh mon Dieu… J'espère qu'elle se trompe !

Mon choc nerveux est si grand que je sens mon sang descendre à mes pieds. Mon cou ne soutient plus ma tête, mes mains s'engourdissent jusqu'aux coudes, j'en perds ma salive. Ma bouche est soudain comparable au désert du Sahara. Je crois que je vais mourir. *Drette-là.*

— Qu... quoi? parviens-je à prononcer avec beaucoup de difficulté. Non... il appartient à la cousine de Corentin!

— Alors, pourquoi est-ce que Laura l'a porté au moins trois fois, l'an dernier?

TROIS FOIS? Comment n'ai-je rien vu?

— Si tu levais le nez de tes bouquins de temps à autre, tu l'aurais vue!

Sérieux! Comment ai-je pu manquer ça? Pourtant, je ne faisais que ça, observer Laura... Je me rends compte à quel point je n'ai jamais remarqué comment les gens s'habillaient quand nous étions en sixième et encore moins cette année. Tout ce que je vois quand je regarde une personne, c'est son charme, sa facilité à se faire écouter, sa façon de se tenir. Pas ses habits. J'ai toujours été comme ça! Bon... il y a quand même des limites, surtout quand il s'agit de Samantha et de ses folies vestimentaires!

— Vous êtes sûres?

Constance et Samantha se regardent encore. Elles sont éberluées par ma question. *Je ca-po-te!*

— Marie-Douce, ôte ça tout de suite! Je la vois qui arrive! s'écrie Constance.

Elle se met à tirer sur le bas de mon chandail.

— Arrête, Constance ! Je ne porte rien en dessous !

— T'as pas de brassière ? demande Samantha, en parlant très fort, comme pour faire exprès.

Les larmes montent à mes yeux, mon front est chaud… et dans mon champ de vision apparaît Corentin Cœur-de-Lion, un petit sourire coupable aux lèvres. À quelques mètres de moi, comme s'il s'agissait d'un film au ralenti, Laura s'approche. J'entends l'air d'un film de suspens dans ma tête. *Tedum tedum tedum…*

— J'ai pas de seins ! Pourquoi est-ce que je porterais un soutien-gorge ? Et quand même j'en aurais un, qui se promène en brassière dans l'école ?

J'ai parlé plus fort que je ne le croyais. Des rires fusent de toutes parts, les jeunes s'approchent.

— C'est moins pire qu'avec un chandail qui causera ta mort…

Samantha a raison.

— Donnez-moi une veste, quelqu'un !

Personne ne bouge, plusieurs dizaines de paires d'yeux sont rivées sur moi, surpris de me voir hystérique, incrédules que je hausse le ton.

Ça y est, je suis morte ! Je vois Laura qui se fraie un passage parmi les élèves. Plus elle avance dans ma direction, plus elle fronce les sourcils. Elle plisse les paupières comme si elle était myope.

Dès la seconde où elle reconnaît son chandail de Duran Duran, son visage se défait en un masque de plis et en une grimace si laide que j'en ferai des cauchemars longtemps. Ce n'est pas de « copieuse » qu'elle va me traiter, mais plutôt de « voleuse » !

Ses pas s'accélèrent. Elle est plus grande que moi et sa colère la rend agressive. D'instinct, mon corps se place en position de défense. Alors que son poing s'amène sur moi à une vitesse ahurissante, je la déjoue d'un blocage habile et, en trois secondes, Laura se retrouve couchée sur le dos sur les tuiles, mon poignet sur sa gorge, et moi assise en califourchon sur elle ! Ça, c'est grâce à mes cours de judo… Le mélange karaté-judo est assez efficace, merci !

Il ne faut pas attendre longtemps pour que, partout autour de ma tête, j'entende des « *Wow*, t'as vu ça ? La petite a mis la grande au plancher ! »

– Je suis désolée, Laura. J'ai pas volé ton chandail.

Son visage est rouge et je crois discerner des reflets de larmes aux coins de ses yeux presque noirs. C'est la deuxième fois que je la bats grâce à mes habiletés physiques. La différence, c'est que cette fois-ci, nous avons des dizaines de témoins !

Je me relève d'un bond agile. La petite foule s'exclame encore. Ils n'avaient aucune idée de ce dont j'étais capable. Maintenant, ils savent.

Une fois debout, je brosse mes pantalons couverts de poussière d'un geste brusque de mes mains. Je cherche Corentin du regard : je veux l'étriper !

Il est avec Laura, c'était à prévoir ! Il l'aide à se relever. J'ai un pincement d'envie. Il m'a menti par amitié pour Laura. À ses yeux, elle vaut mieux que moi. Pourquoi est-ce que l'amitié de Corentin m'importe tant ? Difficile à dire, mais c'est ainsi.

Chapitre 27

*Catastrophe !
Ma vie est finie !*

Je n'ai jamais été aussi fâchée de toute ma vie. Quand j'ai vu MON chandail FAVORI sur le dos de Marie-Douce, j'ai vu rouge. J'étais encore plus en colère que le jour où maman m'a annoncé qu'on déménageait avec son nouveau chum. J'aurais dû me souvenir que Marie-Douce n'était pas atteignable et que je finirais par perdre le combat si je lui sautais dessus. J'avais oublié ses techniques de défense infaillibles. Ça n'aura pris que quelques secondes pour que mes cheveux s'étalent sur le plancher. C'était humiliant, gênant, enrageant…

Nos camarades criaient et riaient à se rouler par terre. Ils se sont même mis à scander « Marie-Douce ! Marie-Douce ! Marie-Douce ! » Je n'aurais pas cru une telle chose possible.

Je n'ai jamais eu si honte de toute ma vie. Pour la première fois de mon existence, j'ai compris comment se sentent ceux qui se font rabaisser tous les jours par les autres élèves. Le sentiment est invivable. Ça fait mal, notre cœur veut se tordre, notre gorge se noue, nos mains perdent toute leur force, notre voix se perd dans la douleur.

Je ne sais pas si j'ai déjà fait quelque chose pour causer autant de mal à un autre élève. C'est malheureux, mais c'est bien possible. Je n'ai jamais battu personne, mais je n'ai… disons… pas toujours des commentaires charitables. Un tel qui n'était pas bon en éducation physique, une autre qui portait une jupe très laide, Samantha Desjardins avec son superbe chouchou rose, etc. Je ne me suis jamais gênée pour les pointer du doigt. Les autres riaient avec moi, comme si j'étais super intelligente d'agir de la sorte. Il m'aura fallu une humiliation totale pour me faire prendre conscience que c'est une expérience que personne ne devrait avoir à vivre.

Ce qui allait arriver quelques instants plus tard était beaucoup plus grave que le simple fait de tomber sous la force d'une puce agile en arts martiaux.

À travers tout ce chahut, le pire était à venir. La trahison suprême.

Corentin Cœur-de-Lion, celui que je croyais mon meilleur ami, est un être imprévisible et traître !

Il m'a d'abord tendu la main pour m'aider à me relever. C'était gentil de sa part, j'avais grand besoin d'un ami en ce moment vexant. C'est lorsque je me suis tenue sur mes pieds qu'il m'a scié les deux jambes. Sa voix était ferme, sans l'ombre d'une hésitation.

— C'est moi qui t'ai piqué le t-shirt après un cours d'éducation physique. Il traînait dans ton casier, a-t-il affirmé. C'est moi qui l'ai donné à

Marie-Douce sans lui dire qu'il t'appartenait. Elle n'a rien fait de mal.

Mon cœur a dû cesser de battre. Alors… tout ça, c'était l'œuvre de Corentin ? Mon cher Coco toujours là pour moi ? Comment avait-il pu me trahir de la sorte ? Ma colère a soudain pris des proportions gigantesques !

— T'es un monstre, Corentin Cœur-de-Lion ! Pourquoi t'as fait ça ? Je croyais que t'allais m'AIDER, pas me faire du mal !

Il n'était pas ébranlé par les claques que je lui assenais sur la poitrine. Les paroles qu'il m'a dites — devant tout le monde — m'ont assommée.

— C'est TOI le monstre, Laura ! Je n'ai fait que suivre *tes* directives. Je te rappelle que *tu* voulais une guerre, *tu* voulais que je t'aide à mettre de l'huile sur le feu, *tu* n'en finissais plus de chialer… *Tu* voulais que Marie-Douce te déteste. Tu te fichais d'elle, tant que ça *te* servait pour séparer vos parents et retrouver ton stupide chat. Je t'ai même posé la question clairement : *Même si ça fera du mal à Marie-Douce ?* Et t'as insisté. T'étais prête à tout pour lui nuire ! Si tu veux tout savoir, plus tu m'en parlais, plus je te détestais ! Marie-Douce ne voulait qu'une chose, être ton amie ! Et toi, tu voulais l'écraser comme une vulgaire fourmi !

J'ai fermé les yeux alors que les murmures s'élevaient autour de nous. Corentin venait de me jeter le pire sort dont on puisse être victime, celui d'être la vilaine dans une histoire qui intéresse tout le monde. Marie-Douce venait de gagner le gros lot de la popularité et moi, j'étais celle qui s'était ridiculisée. Cette histoire me suivra pour le restant de mes jours.

— Pas comme ça… Corentin… ai-je murmuré, la voix brisée. Je ne voulais pas la guerre de cette façon-là.

— Non, tu voulais une guerre où seule Marie-Douce aurait mal. Parfois, ce genre de petits jeux se retourne contre nous. C'est ce qui vient de t'arriver, Laura.

Marie-Douce était toujours là. J'ai levé les yeux, osant, malgré mon trouble et mon cœur en miettes, la regarder dans les yeux.

— Ça explique pas mal de choses, a-t-elle dit avant de pivoter en direction de son casier.

Et moi, une fois seule, j'ai pleuré en silence. Tout ça, ce n'était pas que pour mon chat… mais pour mon père. Ça fait plus d'un an que je n'ai pas eu de nouvelles de lui.

Mais plus personne n'était là pour voir mes larmes, encore moins pour écouter mes explications.

Chapitre 28

L'affaire du t-shirt noir

Dans la vie, il y a de ces événements qui chamboulent votre existence. « L'affaire du t-shirt noir » en est un important. Depuis hier matin, je suis la coqueluche de l'école. Si ça continue comme ça, il y aura des macarons à mon effigie. Laura, quant à elle, est devenue le rejet de l'école.

Plus personne ne veut lui parler ni être associé à elle de près ou de loin. On la surnomme la « méchante sorcière ». Comme dans les films, l'ange aura vaincu le démon.

Je pourrais sauter de joie, jubiler et lancer des sourires vainqueurs à Laura. Des grimaces, pourquoi pas ? Elle le mériterait !

Mais je n'ai pas ça en moi.

De plus, la défaite de Laura n'était pas mon but. Je ne jouais pas pour gagner : je ne voulais que son amitié.

Au fond, je savais ce qu'elle faisait. Même si je ne connaissais pas les détails de ses plans, ses actions parlaient d'elles-mêmes. L'histoire du gâteau qu'elle a gâché était un très bon indice de ses intentions.

Malgré tout cela, je me souviens davantage des instants paisibles que nous avons partagés. Le bain de Trucker, ces quelques conversations avant de dormir, son aide lorsque Samantha m'a poussée en bas du banc et que mon lunch s'est répandu sur moi. Quelques blagues à table, avec Nathalie et papa.

Peu importe, maintenant, c'est terminé. Même si j'essayais de me convaincre du contraire, les faits rapportés par Corentin sont difficiles à ignorer. La relation que j'espérais avoir un jour avec Laura était condamnée d'avance. Je me suis illusionnée à croire que ce n'était qu'une question de temps, qu'elle n'avait besoin que de quelques jours pour s'adapter et accepter notre nouvelle situation.

J'ai rangé mes nouveaux Converse rouges au fond de mon placard, j'ai remisé mes jeans troués et j'ai remis son t-shirt à Laura. Je ne tenterai plus d'être comme elle. Ça, c'est bel et bien terminé. J'ai eu ma leçon.

Ce matin, j'ai un cours de karaté. Quatre-vingt-dix minutes à faire des katas, entre autres exercices éreintants, mais combien satisfaisants. Bouger m'éclaircit l'esprit, étirer mes muscles m'aide à remettre de l'ordre dans ma tête. Fabien, mon professeur de karaté, a vu que quelque chose était différent chez moi. « Bon Dieu, Marie-Douce, essaies-tu de gagner une médaille, ce matin ? » J'ai eu envie de lui dire que je l'avais gagnée la veille, ma médaille, mais il n'y comprendrait rien, à moins de lui raconter toute l'histoire.

Comme tous les samedis, au retour de ma séance d'arts martiaux, je passe près de la colline située derrière le musée avec l'intention d'arrêter au dépanneur pour acheter de l'eau gazeuse à saveur de framboises, ma nouvelle passion. Sur la butte, je devais m'y attendre, Corentin est là avec son iPhone, écouteurs plaqués sur ses oreilles.

Incertaine si je préfère l'ignorer ou lui faire face, j'hésite en arrivant à sa hauteur. Il me regarde sans émotion, ses doigts pianotant sur ses genoux. Je décide finalement de marcher vers lui.

— Salut, dis-je d'une voix neutre.

Il retire ses écouteurs. Ses yeux bleus semblent assombris.

— Salut, Marie.

Comment peut-il être aussi détendu après ce qu'il a fait ? Je l'arrête d'un geste de la main.

— Tu m'as piégée !

Il se contente de hocher la tête, les lèvres pincées.

— Oui, je sais. Mais regarde comme ça t'a servie, sourit-il.

— Me servir ? T'as détruit ma relation avec Laura ! T'as gâché sa réputation ! Sa vie ne sera plus jamais la même à l'école !

Il émet un rire sec.

— Après tout ce qu'elle t'a fait, c'est à moi que t'en veux ? T'es pas réelle, Marie-Douce Brisson-Bissonnette. Maintenant, c'est toi qui seras populaire ! T'es pas contente ?

— C'était méchant !

À ces mots, quelque chose change dans son regard. Sa façon de me fixer n'est plus la même. Mon cœur se met à battre plus vite, pourquoi ?

— Tu vois, c'est ce qui me fascine chez toi, Marie. Je te défendais, mais toi, tout ce que tu retiens, c'est la peine que j'ai faite à Laura, murmure-t-il. T'es si... sensible. J'ai jamais connu quelqu'un comme toi avant.

Les mots de Corentin me paralysent. Jamais personne ne m'a dit d'aussi belles choses. D'habitude, on m'accuse d'être trop parfaite, trop fine, trop... plate. Corentin me voit-il d'un œil différent ?

— Mais... Vous étiez amis ! Je croyais même que tu l'aimais.

Il hausse les sourcils.

— Quoi ? Je ne suis pas amoureux de Laura.

Mes pieds trépignent, je suis prise entre l'envie de l'entendre continuer à me complimenter et ce besoin douloureux de comprendre comment il a pu trahir Laura de la sorte.

— Mais tu étais son AMI !

— Je le suis encore.

— Laura ne te pardonnera jamais ce que t'as fait !

— Un jour, ça viendra…

Aussi énigmatique puisse-t-il paraître, il semble davantage triste que rongé de culpabilité. D'une main, il sort un papier de sa poche pour me le remettre.

— Tiens, c'est pour toi.

Sans saisir la petite feuille qu'il me tend, je le regarde, l'air étonné. Je n'ai pas envie de savoir ce qu'il manigance encore.

— Non, merci.

— Allez, prends-le, c'est mon adresse Hotmail.

Il se redresse le temps de pousser le papier dans ma poche de pantalon.

— J'aimerais que tu puisses me joindre, si jamais t'as besoin de parler à un ami.

Je sens des larmes monter à mes paupières. De rage, de peine ? Un mélange de tout. J'apprécie Corentin… j'aime sa compagnie, son intelligence si vive. Sa façon de tout comprendre sans qu'on ait à le lui expliquer. Mais là… les choses ont changé.

— Je ne crois pas que ce soit une bonne idée, Corentin. De toute façon, j'ai pas d'ordi, ni d'iPod, ni rien du genre. En fait, j'aimerais mieux que notre amitié n'aille pas plus loin.

De chaque côté de mon corps, mes poings se serrent jusqu'à en blanchir les jointures. Je suis à la fois déçue, triste et en colère. Peut-on aimer et haïr la même personne en même temps ? Mes mots d'adieux me font mal. Je ne veux pas briser notre amitié. Je ne sais pas quoi faire d'autre. Tout est devenu si confus !

— Comme tu veux, Marie. Tu vas me manquer.

Il se lève, s'approche et … dépose un baiser sur mes lèvres. Il le fait avec douceur, de façon à ce que je ne puisse pas confondre son geste avec un bec d'amis. J'ai le temps de sentir le contact de sa bouche et ses doigts sous mon menton qui relèvent mon visage vers lui.

Puis, il se détache de moi, passe une main nerveuse dans ses cheveux bruns avant de se retourner, de remettre ses écouteurs en place et de disparaître de l'autre côté de l'immeuble.

Il n'a même pas regardé derrière lui…

Je suis transformée en statue de granite.

Chapitre 29

Le pouvoir
de la Caramilk

C'était prévisible, Marie-Douce m'évite depuis hier. Je la comprends, même que si j'étais à sa place, j'aurais arraché la tête à quiconque m'aurait traitée comme je l'ai fait. Elle me surprend tout le temps par ses réactions inattendues. Au lieu de m'attaquer, elle se contente de disparaître.

Hier soir, elle a lu dans son lit jusqu'à très tard avec sa petite lampe d'appoint qu'elle accroche aux pages de son livre. Elle a mis des écouteurs et s'est plongée dans sa musique. Elle ne fait jamais ça. Je ne suis pas conne, je sais très bien qu'elle ne voulait pas me parler. Encore là, elle aurait pu m'envoyer promener... pas obligée de se monter un scénario pour couper la communication entre nous. J'aurais très bien compris! J'aime quand les gens sont directs, je n'aime pas avoir à deviner ce à quoi ils pensent. Avec Marie-Douce, c'est toujours mystérieux.

C'est typique de sa part d'agir comme ça. C'est drôle, il y a quelques jours, ce genre de comportement m'aurait tapé sur les nerfs. J'imagine que j'ai changé depuis les événements d'hier matin. Je comprends ce qu'elle fait et j'ai même une petite dose de respect pour son calme.

Les « missions », c'est terminé pour moi.

Je n'ai réussi qu'à perdre mon ami, me mettre à dos toute l'école et me faire ignorer de Marie-Douce. Tout ce que j'ai gagné dans cette histoire, c'est que plus jamais Marie-Douce ne m'empruntera quoi que ce soit, ni n'essaiera de me copier.

Je n'ai ni réussi à séparer ma mère d'Hugo, ni à récupérer Dracule… encore moins à revoir mon père.

Oh, la belle victoire! Rien dans tout cela ne me fait me sentir mieux, au contraire.

J'ai une boule de douleur dans le cœur. Je ne me reconnais plus.

Suis-je en train de prendre conscience que depuis le début, je suis dans les patates? Suis-je peut-être même un peu jalouse de Marie-Douce?

Oui… je me l'avoue enfin à moi-même. J'ai perdu beaucoup d'énergie pour rien.

Aussi, il y a Corentin. À son sujet, mes sentiments sont très clairs.

Je le hais.

Je veux qu'il pourrisse dans le fond d'un donjon, enchaîné à un mur de pierre sans pain ni eau! Je veux que les rats mangent ses beaux yeux bleus! Je veux qu'une araignée énorme fasse sa toile sur sa face, qu'il en ait dans les narines, les trous d'oreilles, entre ses dents! Je souhaite que des vers de terre lui soient servis pour déjeuner (sans pain ni eau, voir plus haut !).

Depuis hier, j'attends un message de sa part. Un mot d'excuses, de regrets, quelque chose, n'importe quoi ! J'ai beau surveiller mon iPod toutes les deux minutes, je ne reçois rien de rien, à part quelques messages désagréables de la part d'élèves qui étaient présents lors de la déclaration traîtresse de Corentin. Mais je n'ai aucune nouvelle de ce dernier.

Il sait trop bien que je n'attends qu'un mince signe de vie pour le scalper, n'en faire qu'une seule bouchée pour le recracher ensuite ! Je ne suis pas comme Sainte Marie-Douce ! Elle aurait pleuré en silence (OK, j'ai fait un peu ça) sans désir de vengeance. Tandis que moi…

Ai-je dit que je n'avais plus de mission ? Je pense que j'en ai une nouvelle ! Corentin Cœur-de-Lion va passer au *cash* !

Je suis dans la chambre que je partage avec Marie-Douce, couchée sous mes couvertures, la tête ensevelie sous le drap. J'ai pris avec moi les seules choses qui comptent au monde dans ma misérable vie : mon iPod, mes écouteurs et une Caramilk dérobée au garde-manger. C'est la sorte favorite de ma mère. Elle les achète en grande quantité, alors elle ne verra pas la différence.

Puis, je songe à ma mère. Puisque j'abandonne mes plans de la séparer d'Hugo, son bonheur ne sera pas brisé. Mais qu'en sera-t-il lorsque mon père reviendra ? Cette question est devenue inutile. Je commence à douter de son retour. J'aurais dû écouter maman et ne pas trop espérer. Est-il même en vie ? Peut-être s'est-il fait kidnapper ? Peut-être a-t-il choisi d'aller vivre sur une île déserte, loin des gens, en ermite ? Je n'en serais même pas surprise. Mon père n'était pas très sociable, il n'aimait pas la visite, ni sortir en public. Avec lui, une sortie au resto était rarissime. Voilà que je parle de lui au passé. Est-ce un signe que j'en suis arrivée à abandonner mes rêves de petite fille ?

Suffoquant à force de respirer de l'air recyclé sous la couette, je refais surface d'un mouvement rapide pour me dégager du drap qui couvrait ma tête. Aaaaaaaaah, de l'oxygène ! Un craquement vient attirer mon attention, c'est la porte qui s'ouvre. Je m'attends à voir Marie-Douce qui revient de son cours de karaté et mon cœur fait un bond.

Un bond de joie ?

Mais c'est plutôt ma mère qui entre sans cogner. L'expression maternelle qu'elle a collée au visage

semble dire « Ça va, ma petite cocotte d'amour ? »
Elle n'a pas besoin de formuler les mots, je la
connais trop bien.

– T'as du caramel sur la joue…

Me voilà prise en flagrant délit. Mes yeux se
remplissent d'eau. Pas d'avoir été surprise avec une
Caramilk, mais parce que je me sens comme une
prisonnière dans ma propre chambre, parce que j'ai
de la peine et parce que j'ai besoin de ma maman !

– Ça va pas, toi…

La voix de ma mère est si douce lorsqu'elle s'inquiète à mon sujet. Je suis incapable de prononcer
une parole, un sanglot étreint ma gorge. Je secoue la
tête et me jette sur elle dès qu'elle s'assied sur mon
lit, les bras grands ouverts.

Chapitre 30

La machine à rumeurs

C'était mon premier baiser et je ne l'ai pas vu venir. J'ai entendu ses paroles, ça c'est sûr, comment les manquer? Il a dit que j'étais généreuse, il m'a dit avoir voulu me protéger. J'ai encore du mal à y croire. Mais de là à prévoir ce baiser d'une douceur à s'en évanouir, ça non, pas du tout. Je rêvais d'en recevoir un de Samuel Desjardins, pas de Corentin. Je n'aurais jamais imaginé que ça puisse être possible. Corentin est beaucoup plus mystérieux! Je croyais qu'il me prenait pour la petite idiote que son amie Laura devait endurer!

Tout ce temps, il veillait sur moi...

Je suis sans voix.

Alors que Corentin est déjà hors de mon champ de vision, je reste figée sur le gazon durant de longues secondes. Mon cœur bat la chamade, mon esprit s'étourdit de pensées confuses, mes joues sont en feu! J'ai le réflexe de crier «Corentin!» mais aucun son ne fait vibrer mes cordes vocales. Ma bouche s'ouvre, expire de l'air, mais je reste muette. Il est déjà loin, il ne m'aurait pas entendue de toute façon.

Mes pas me mènent vers la maison. J'ai besoin de m'enfermer dans ma chambre pour rassembler mes pensées. En chemin, je croise Samantha qui se promène à vélo. Plusieurs mèches rousses sortent de sa queue de cheval, ses joues sont rouges et mouillées de sueur, et elle porte un casque ridicule, rose de surcroît!

— Mariiiie-Douuuuce! Attends-mooooi!

Avec subtilité, j'accélère le pas, mais avec une telle voix qui porte son timbre à des kilomètres à la ronde, comment faire semblant de ne pas l'entendre? Je ravale ma salive avant de me retourner vers elle. Son sempiternel iPod dans une main parce qu'elle ne peut pas vivre sans prendre des photos de chaque heure de sa vie, elle me fait de grands signes.

Ses pieds touchent très vite le sol, son vélo mauve fait une halte, le contenu de son panier blanc — un caniche miniature qui semble sur le point de faire une crise cardiaque — émet une plainte aiguë. D'une main distraite, elle lui tapote la tête sans grande délicatesse. Pauvre chien-chien!

— Salut! Qu'est-ce que tu fais? C'était Corentin qui vient de partir? Hé, dis donc, est-ce que vous sortez ensemble? Est-ce qu'il est devenu ton chum?

Je cligne les yeux plusieurs fois, agacée par sa mitraillade de questions auxquelles je ne peux même pas répondre. Je n'ai pas eu le temps de me remettre de mes émotions.

— Je… non… arrête Samantha, s'il te plaît.

Ses yeux bruns se plissent, son sourire s'élargit. On la dirait prête à crier à tous les vents que « Marie-Douce et Corentin sont amoureux ! »

– Je vous ai vus ! Il t'a embrassée !

– C'est pas ce que tu crois. Je ne veux plus le voir.

Sous la surprise, sa bouche forme un « O ».

– Vous êtes dans le même groupe à l'école, comment tu vas faire ?

– Comme on fait quand on ne fréquente plus quelqu'un… On regarde ailleurs, c'est tout.

– Et Laura, tu vas lui parler encore ?

– Je ne sais pas. Laura, c'est différent, c'est comme ma sœur, je dors avec elle. Il faudra qu'on trouve une façon de s'entendre, qu'on le veuille ou non. Pour moi, la famille passe avant tout !

Mes paroles semblent si confiantes. Dans mon cœur, c'est tout le contraire. Je suis en miettes. Pensive et incrédule, Samantha me fixe quelques secondes en crispant les lèvres. Puis, un air malicieux anime son visage rousselé.

– Tu sais ce qu'on raconte au sujet de Corentin depuis hier ?

– Non…

Fière d'avoir ce qui semble être le *scoop* de l'année, Samantha bombe le torse et ses joues rosissent de plaisir.

– Après ce qu'il vous a fait à toutes les deux, on croit que c'est un acteur engagé pour piéger les gens.

– Han ?

– Un participant à une téléréalité ! On pense qu'il a une caméra et tout !

Je me prends la tête à deux mains.

– Sam, c'est n'importe quoi, ce que tu racontes. Il n'a que treize ans…

– Quatorze ! Il a manqué une année d'école parce qu'il a vécu en Afrique à cause de la *job* de son père. OK, pour la téléréalité, j'avoue que ça n'a pas de sens… Mais pour l'Afrique et son âge, ça, c'est vrai.

Corentin est plus vieux que nous d'un an ? Ça explique quelques détails ! Comme sa grandeur, sa maturité…

– Comment sais-tu tout ça ?

À quelques mètres de nous, à l'autre coin de rue, Samuel arrive avec Évance et Fabrice, tous les trois sur leurs vélos.

– Qu'est-ce qui se passe ? demande Samuel en s'arrêtant sur le trottoir.

Samantha se retourne vers son frère, une main autoritaire sur le petit chien qui gigote dans son panier.

— Marie-Douce ne veut plus jamais parler à Corentin!

Est-ce un sourire que je vois sur le visage de Samuel? Sous sa casquette des Bruins de Boston, ses yeux sont ombragés, mais je vois ses lèvres former un sourire.

— Ah ben, c'est dommage pour lui. Tout le monde sait qu'il tripait sur toi, Marie-Douce!

Quoi?

Mon regard étonné passe des deux Sam à leurs cousins, Évance et Fabrice, qui hochent la tête d'un même accord.

— Il vous l'a dit?

Samuel replace sa casquette à l'envers sur ses cheveux un peu trop longs, emprisonnant ainsi la frange qui lui tombe d'ordinaire dans les yeux. C'est la première fois depuis très longtemps que je vois son visage dégagé. Il a changé, depuis la sixième, c'est fou. Il a l'air plus «mature».

— Corentin me l'a avoué à moi, affirme Samuel. Son père est venu jouer au terrain de golf où le mien est gérant, on a dû passer du temps ensemble. C'était Samantha et moi qui portions les sacs, explique-t-il.

— Et toi, tu l'as dit à tout le monde?

Samuel éclate de rire.

— Ben non ! C'est Samantha qui a tout raconté…
Elle écoutait notre conversation, dit-il en pointant
sa sœur qui rougit comme un coquelicot.

— Même pas vrai ! proteste Samantha. C'est pas
vrai, Marie-Douce ! N'en crois pas un mot !

Je secoue la tête, dépassée par la situation.

— C'est pas grave… laisse tomber, Sam, ça ne
change rien. Je dois y aller…

Mon amie me salue d'un geste de la main
alors que son frère et ses cousins s'éloignent sans
l'attendre. Le petit chien aboie quelques notes
aiguës et moi je marche d'un pas mal assuré vers
ma maison.

Chapitre 31

Cœur-de-Traître

Ma vie est un désastre. Mon moral est au plus bas. Je n'ai plus d'amis, plus d'appétit, plus de motivation, plus le goût de rien… C'est dimanche matin et il pleut à boire debout. Je déteste la pluie. En réalité, aujourd'hui, je hais tout. Le soleil, la brume, les éclairs, la lune… le ciel en général.

Marie-Douce est distante depuis hier. Elle est revenue de son cours de karaté avec une heure de retard – pas que je regardais l'heure à l'attendre avec impatience… OK, oui, un peu – et elle avait l'air troublée.

J'ai passé le reste de la journée à rôder partout où Marie-Douce se tenait dans l'espoir qu'elle m'adresse la parole, mais sans succès. Elle vaquait à ses occupations qui consistaient à jouer avec Trucker, à nourrir Trucker, à promener Trucker, à brosser Trucker… Bref, hier, le chien avait une vie sociale meilleure que la mienne. Je déteste ce chien autant que la pluie, mais moins que Corentin Cœur-de-*Traître*.

Hugo fait des crêpes en chantonnant devant le four. Ma mère est debout à ses côtés et lui flatte le dos avec affection. Un baiser sur le nez, un autre sur la joue. Ils sont heureux. Je n'ai pas souvenir d'avoir vu mon père et ma mère cuisiner ensemble en se bécotant sous la hotte.

En réalité, plus je regarde agir Hugo avec ma mère, avec sa fille, et même avec moi, plus je prends conscience à quel point mon père était distant. C'est un soldat héroïque, mais aussi un homme qui revient de la guerre et qui y retourne selon les saisons. J'aurais aimé qu'il mène une vie plus « normale ». Un emploi du lundi au vendredi qui le fait revenir à la maison à l'heure du souper. Qu'il me demande comment a été ma journée. Qu'il soit là pour moi lorsque je vis des heures tristes comme aujourd'hui.

Marie-Douce est assise au comptoir, elle coupe d'énormes fraises pour agrémenter les crêpes. Ma mère sort une cannette de crème fouettée du réfrigérateur et la tend à ma fausse demi-sœur en souriant. « Merchhiii », bafouille-t-elle, une fraise dans la bouche. Sur le bout de son index, Hugo laisse couler un peu de crème fouettée en aérosol et beurre le nez de sa fille de la substance blanche et crémeuse. Ils rient, tous les trois ensemble. On dirait, encore une fois, une vraie famille unie.

Une seule ombre au tableau, moi, qui n'existe pas dans ce décor. Vêtue de ma vieille robe de chambre bleue, les cheveux en bataille, mes pantoufles à l'effigie de Hello Kitty usées à la corde aux pieds, je ne cadre pas, ni par mon humeur, ni par mon apparence, dans cette cuisine de gens heureux.

Un peu par accident, un peu par exprès, je laisse échapper un « aheummm » en me raclant la gorge de façon plus bruyante que nécessaire. Les trois têtes souriantes se retournent en même temps.

— Bon matin, ma chouette ! Bien dormi ? s'enquiert ma mère en m'apercevant.

Chère petite maman d'amour, merci de faire comme si de rien n'était.

— Oui, pas pire…

Faux, je n'ai pas fermé l'œil avant l'aurore.

— T'as l'air fatigué, t'es sûre que ça va ? demande Hugo, spatule à la main.

— Oui, sûre.

— Tu veux un peu de crème fouettée sur ton nez ? me demande-t-il avec un air comique.

— Non, merci !

Pour que je refuse de la crème fouettée, il faut vraiment que je sois maussade. Même Corentin sait à quel point c'est ma faiblesse. Surtout celle en aérosol ! Je me baignerais dedans !

— Si tu changes d'idée, t'as qu'à me faire signe ! renchérit-il avec un clin d'œil.

Marie-Douce demeure silencieuse, sans sourire à la blague de son père. Je me glisse sur le banc de bois à sa droite et j'appuie mon menton sur mes paumes. Quelques minutes passent dans un silence presque mortel. Hugo et ma mère connaissent l'histoire avec Corentin et le t-shirt de Duran Duran, mon drame et ma disgrâce. Ça veut aussi dire que Hugo sait maintenant que j'ai tout fait pour heurter sa fille. Pourquoi ne me provoque-t-il pas ? Il en aurait le droit !

— Tu veux une fraise ? fait la voix délicate à ma gauche.

Je crois rêver.

Elle me parle ?

Je me retourne vers Marie-Douce avec lenteur, incertaine. Dois-je accepter ou refuser ? J'ai la gorge si serrée que même une fraise serait difficile à mastiquer, avaler, digérer… Mon estomac est en feu depuis vendredi, on dirait que j'ai un volcan dans le ventre.

Je décide de saisir la fraise qu'elle me présente du bout des doigts. C'est symbolique, comme une hache de guerre qu'on décide d'enterrer. Du coup, j'ai l'impression de mieux respirer, mon cœur s'allège comme par magie.

— Merci, dis-je du bout des lèvres.

Ma voix est enrouée, c'est l'émotion qui m'étreint.

Pour la première fois depuis mon arrivée dans cette maison, j'apprécie la bonté sans fin de Marie-Douce.

Nous mangeons en silence, avec en bruit de fond Hugo qui chantonne un air d'opéra, alors qu'il entreprend de ranger la cuisine.

Une fois rassasiée, je rince mon assiette sale et je remonte à notre chambre pour continuer à broyer du noir dans mon lit. C'est dimanche, après tout. Aujourd'hui, je ne fais rien!

Chapitre 32

Instant magique
et couteau dans le cœur

Dès mon entrée dans la chambre, le regard triste de Laura se pose sur moi. Ça doit être la journée la plus longue de sa vie. Je suis nerveuse à l'idée d'avoir avec elle un premier cœur à cœur, si elle accepte de me parler. Je veux dire… de me parler *pour de vrai*. Je sais, il serait normal de la détester, mais ça servirait à quoi ? Et puis, si elle était ma vraie sœur, je ne pourrais pas m'en défaire juste comme ça ! Ce que j'aimerais avoir avec Laura, c'est une relation fraternelle, forte et solide. Une amitié pour la vie, pourquoi pas ? La vie ne peut pas nous avoir mises dans la même chambre pour rien, j'en suis convaincue. Je sens qu'elle commence à comprendre… Ce n'est pas le temps d'abandonner.

J'ai fait exprès de garder mes distances avec elle depuis vendredi. Je devais, moi aussi, me remettre de cette très mauvaise journée.

— Salut…

La voix de Laura n'a pas son énergie habituelle. Elle est abattue par la série d'événements.

— Tu peux t'asseoir.

Elle pointe une place sur son lit, près d'elle. D'une main nerveuse, elle replace les couvertures qu'elle aplatit de sa paume pour mon confort. Je m'installe près d'elle de façon à lui faire face, assise en Indien. On dirait que l'air est dense entre nous. Je manque de salive, j'ai les nerfs en boule.

J'aurais beaucoup de choses à lui dire si elle acceptait d'être ma *best*. J'ai peur de faire une gaffe, même si aujourd'hui, c'est elle qui n'a pas le bon bout du bâton.

Elle regarde ses pieds dont chaque ongle est verni d'une couleur différente. Noir, bleu, rose, blanc et rouge. Elle doit avoir vu mon regard s'attarder sur ses pieds parce qu'elle sourit en remuant les orteils.

— Tu veux que je te fasse la même chose ? m'offre-t-elle d'une voix hésitante.

Surprise et folle de joie, je me retiens de me lever sur le lit pour faire une petite danse victorieuse. Une activité de *BFF* ! Je sais, c'est idiot, mais entre filles, l'application de vernis à ongles est à coup sûr LE symbole de l'amitié solide. Jamais on ne mettrait du vernis sur les ongles d'une fille qu'on n'a pas en estime. Non, madame ! C'est une loi non écrite.

Je hoche la tête avec une attitude que j'espère assez *cool* pour ne pas trahir ma joie suprême.

— Donne-moi ta main.

Oh, la gêne ! je porte du rose bonbon à moitié rongé avec de petits brillants. J'hésite, puis j'obéis. Elle saisit mes doigts et sourcille devant le désastre de mon manucure.

— Attends, j'ai du dissolvant. Bouge pas. On va ôter cette horreur, dit-elle avec un demi-sourire.

En quelques minutes, nous sommes installées. Entre nous, Laura dépose un de ces cabarets pour manger au lit sur lequel plusieurs petites bouteilles sont alignées. Il y en a de toutes les couleurs. Sans attendre, elle choisit le noir. Je suis touchée! Le noir, c'est SA couleur. J'aurais fait ça moi-même il y a quelques jours et j'aurais eu droit à une accusation de copiage. Voilà qu'elle ajoute du vert fluo! Une autre de ses couleurs fétiches. C'est la couleur dominante de son couvre-lit et de ses taies d'oreillers, celle de ses lacets de souliers…

Pour une fois dans ma vie, j'essaie de vivre dans le présent. Mon père me reproche souvent de ne pas profiter des bons moments de la vie, de trop tenter de tout comprendre, d'anticiper l'avenir. Cet instant avec Laura est précieux, je m'en souviendrai toute ma vie comme étant la première journée de notre amitié inconditionnelle.

— Tu me fais confiance? demande-t-elle.

— Oui…

— Regarde pas, je vais te faire une œuvre d'art.

Sans protester, je ferme les paupières. Tout ce que j'entends, ce sont les cliquetis de la petite bouteille que Laura redépose sur le cabaret et des cris venant de dehors.

Au même moment, l'iPod de Laura émet le fameux « tududu » annonçant un nouveau message.

J'ouvre les yeux pour voir Laura saisir son appareil, composer son code d'accès et fixer le petit écran de longues secondes. Je vois très vite ses lèvres se serrer et ses yeux se lever vers moi.

— Je te déteste, Marie-Douce !

Chapitre 33

Grave de chez grave

La vie offre des instants magiques. Comme celui que je vis maintenant, à peindre les ongles délicats de Marie-Douce. Dans mon cœur, elle a su me toucher et me montrer que la réelle amitié demande parfois un chemin plus ardu pour éclore et se solidifier. Quelque part parmi les difficultés des derniers jours, j'ai ouvert les yeux et j'ai compris qu'elle est une fille spéciale, différente des autres et que j'ai une chance immense de l'avoir comme fausse demi-sœur. Lorsqu'elle entre dans la chambre, je sais qu'elle est venue pour qu'on discute. Nous devons avoir une conversation sérieuse, c'est clair.

Toutefois, je préfère attendre un peu, laisser le silence nous envelopper et mettre en couleur mes émotions sur ses doigts. J'ai choisi mes teintes favorites, le noir et le vert fluorescent. Marie-Douce est intelligente, elle sait très bien que ce choix surprenant comporte le message : « Je t'accepte comme mon amie. » C'est bien fragile encore… je lui dois des excuses. Je dois aussi prouver que je ne suis pas cette fille « pas fine » qui ne fait que des conneries.

Je dois lui parler… ouvrir la bouche pour lui dire tout ce que j'ai sur le cœur. Je dois savoir si elle accepte de me pardonner. Mais je suis si embarrassée que je n'ose même pas la regarder dans les yeux. *Allez, Laura, un peu de courage…*

Comme je m'apprête à parler, mon iPod émet son « tududu » pour m'annoncer la réception d'un nouveau message.

Toujours sans regarder ma nouvelle amie, je dépose la petite bouteille de vernis pour voir le nouveau message. Dès que mon mot de passe est composé, que j'arrive à destination, j'aperçois le nom de Samantha. Je l'avais mise dans ma liste de contacts après notre conversation de l'autre jour. Il fallait bien que j'entretienne une relation virtuelle avec elle pour confirmer notre supposée amitié ! Elle m'avait promis de me tenir au courant, quelles que soient les nouvelles au sujet de Marie-Douce. Quand j'y repense aujourd'hui, je me trouve vraiment méchante d'avoir joué à ce petit jeu de détective. Il faudra que je dise la vérité à Samantha… et à Marie-Douce. J'espère qu'elles seront plus gentilles que moi je ne l'aurais été…

J'en suis à ces réflexions lorsque je finis par ouvrir le message de Samantha.

OH MON DIEU !

JE N'EN CROIS PAS MES YEUX !

Ce que Samantha vient de m'envoyer, c'est GRAVE !

Je ca-po-te.

Les mots sortent de ma bouche comme un canon !

— Je te déteste, Marie-Douce !

La photo qui apparaît sous mes yeux, vraie comme j'existe, montre Corentin qui EMBRASSE Marie-Douce sur une butte de gazon !

À la vue de cette image, mon cœur cesse de battre pour ensuite s'emballer comme si j'avais couru un marathon. Toutes mes belles pensées et bonnes intentions s'envolent en fumée. Dire que j'ai failli m'excuser ! Je me sens trahie de nouveau. J'ai de la difficulté à comprendre. Je pianote rapidement sur le petit clavier sous la vitre :

Laura12
Cette photo a été prise quand ?

Samlasorcière
Hier !

Hier, c'était samedi, donc une journée après la fameuse scène horrible où Corentin m'a avoué sa trahison. Une série de questions me traverse l'esprit, mais la première et la plus importante est « Depuis quand sortent-ils ensemble en cachette ? »

Je croyais avoir eu mal à l'âme depuis vendredi matin, mais la douleur n'était rien comparée à celle que je ressens à cet instant. Comment Marie-Douce peut-elle me regarder dans les yeux alors qu'elle et Corentin-le-diable-en-personne sont amoureux ?

Alors, tout ce qui s'est produit… a été prévu ? Ils ont comploté ensemble ?

Tout se passe très vite dans ma tête. Je reviens sur les faits.

Marie-Douce qui portait mon chandail… c'est Corentin qui le lui avait donné, m'a-t-il avoué. Je croyais qu'elle s'était fait piéger elle aussi ! J'avais donc tout faux ! Elle *savait* que c'était mon chandail ! Elle savait probablement aussi que Corentin allait raconter ce que je lui avais confié à son sujet. Avec un tel scénario, elle passait pour la pauvre petite victime qui se faisait avoir !

Wow ! Ils m'ont bien eue.

La petite donzelle est donc une puissante mani-pulatrice. Un danger public.

Devant moi, Marie-Douce semble désemparée. Elle ne comprend pas, puisqu'elle n'a pas vu la photo. Je lève mon iPod pour le mettre sous ses yeux. Elle devient blanche comme un drap, sa bouche s'entrouvre pour protester, mais aucun son n'en sort. Que pourrait-elle dire pour sa défense de toute façon ?

— Je ne veux plus jamais te voir, ni te parler ! Je ne peux pas croire que j'allais m'excuser ! Pendant un instant, je te croyais mon amie… la première vraie amie de ma vie…

Marie-Douce s'enfuit en courant sans refermer la porte.

J'entends ses pas dans les escaliers, puis un cri d'horreur.

Chapitre 34

Le monde est petit...petit...petit...

Je suis confuse. Cette photo n'est pas réelle. Samantha ne peut pas m'avoir fait ça! À la seconde où Laura et moi commencions à nous entendre, il fallait que tout soit gâché!

Les murs tournent autour de ma tête comme si j'étais dans un manège. On dirait que ma mère est là.

Miranda, c'est vraiment toi? Elle a toujours refusé que je l'appelle maman… j'aurais tellement aimé pouvoir dire « maman »… Je n'ai jamais eu le droit, ça la faisait vieillir… et ça brisait mon cœur d'enfant.

J'ai dû me cogner la tête. Je n'y comprends plus rien. Ai-je rêvé de cette photo de Corentin et de moi sur l'iPod de Laura? Oui, ça doit être un rêve! Non, un cauchemar. Et Laura qui me dit avoir cru que j'étais sa première vraie amie de sa vie? C'était un rêve, ça aussi?

Dans ma course pour descendre, après que Laura m'a crié qu'elle ne voulait plus jamais me voir, j'ai raté la troisième marche. Je m'en souviens, maintenant, j'ai des images au ralenti qui défilent dans ma tête. Mon corps qui perd l'équilibre, mes mains qui n'attrapent pas la rampe, mes genoux qui reçoivent le coup du bois franc qui arrive trop vite. Mon dos qui prend le contrecoup. *Ayoyeeee! Ça fait mal!*

J'ai senti les bras de mon père, j'ai entendu sa voix. « Marie-Douce, ma puce ! » Ça doit être lui qui m'a portée parce que je suis sur le divan du salon.

– Marie-Douce, est-ce que t'as mal quelque part ?

C'est Nathalie qui me pose cette drôle de question.

– Partout… j'ai mal partout. Mais ça va aller…

Du coin de l'œil, je vois la silhouette de Laura qui se profile à l'entrée du salon. Je tourne la tête vers elle pour la voir comme il faut. Je dois lui parler !

– Laura !

Elle regarde sa mère, mon père, puis son attention revient sur moi. Je vois de la panique dans son expression. Je dois au moins la rassurer !

– Je ne suis pas blessée…

Les lèvres pincées, elle fait un léger signe de tête avant de disparaître dehors. Elle est encore en robe de chambre…

Je n'ai pas menti. À part les centaines de bleus que j'aurai demain, je ne crois pas avoir de fracture.

Nathalie et mon père se regardent avec un drôle d'air. Une troisième personne semble s'approcher.

Comme ça, je n'avais pas rêvé. Ma mère est là !

– Miranda ? Qu'est-ce que tu fais ici ?

— Marie-Douce… je suis venue te voir, t'es pas contente ?

Aucun danger que Miranda ne m'appelle par autre chose que mon prénom. Pas de « ma puce » avec ma mère. Oh non !

— Oui, bien sûr. Tu repars quand ?

Mon ton a dû être brusque, vu la réaction spontanée de papa.

— Marie-Douce ! Sois gentille… dit-il d'un ton autoritaire.

Je lève les sourcils, j'attends la réponse à ma question avec impatience. En moyenne, ma mère fait un saut dans notre vie une à deux fois par année et reste quelques heures.

— Alors ?

Malgré le fait qu'elle ait fait couper ses cheveux en plus de les pâlir dans un blond presque platine (probablement pour plaire à son nouveau mari !), Miranda me ressemble beaucoup, ça en est même un peu fou. Ou devrais-je plutôt dire que *je* lui ressemble ? Mais côté mental… nous sommes étrangères. Ma mère n'est pas très maternelle, ni très chaleureuse. Je n'ai rien à lui dire parce qu'elle ne s'est jamais impliquée dans ma vie. C'est triste, mais c'est comme ça. Quand elle est loin, je m'ennuie d'elle… quand elle est là, je me souviens de ce qu'elle est en réalité.

— En fait… j'ai une grande nouvelle.

Tiens donc !

— Ah oui, c'est quoi, ta nouvelle ?

Je tiens mes tempes entre mes mains, en proie à un mal de tête. Me la suis-je cognée en tombant dans les marches ou est-ce la présence de ma mère qui me cause cette douleur ? Je palpe mon crâne : aucune bosse. C'est bien ce que je croyais : c'est Miranda qui me donne la migraine.

— J'ai pris ma retraite du cirque ! Je vais me marier et habiter dans une somptueuse maison ! C'est à Vaudreuil-sur-le-Lac, tu n'auras pas à changer d'école et tu pourras venir voir ton… hum… père… autant que tu le souhaites !

Je lance un regard interrogateur à papa qui vient d'entourer les épaules de Nathalie de son bras. Il serre les dents, je le vois très bien.

— Tu pourras habiter avec moi ! Es-tu contente ?

Mes yeux scrutent les visages neutres de mon père et de Nathalie. À part le muscle de la mâchoire de mon père qui trépigne, je ne lis aucune émotion dans leur expression. Ni sourire, ni peur, ni colère. Peut-être un peu de surprise, mais sans plus. Ils sont virés zombies ou quoi ?

Je devrais me révolter sur-le-champ, lui crier que je ne veux pas aller vivre avec elle. Mais avec ce qui vient tout juste de se produire avec Laura, je n'ai qu'une envie, m'en aller loin d'ici.

— Je ne sais pas…

Je devrais être contente. Cette nouvelle ne règle-t-elle pas mon problème? Pourtant, je grince des dents, toutes les fibres de mon corps semblent s'accorder pour résister à l'idée d'aller vivre chez Miranda.

— Tu ne veux pas savoir avec qui je me suis mariée? Oh Marie-Douce, le monde est si petit! T'en reviendras pas!

— Je le connais? Je ne savais même pas que tu avais un chum…

Elle agite ses boucles blondes frisées par un coiffeur qui coûte cher. Ma mère est toujours impeccable, autant pour ses cheveux que pour ses vêtements. Elle porte aujourd'hui un pantalon blanc qui lui va à merveille, évidemment. Ma mère est une athlète, son corps est parfait.

— Tu ne connais pas mon nouveau mari, mais tu connais son fils. Il a lui-même été très surpris lorsqu'il a appris que je suis ta mère!

Son fils? J'aurai donc un nouveau faux demi-frère? Et je le connais?

— C'est quoi son nom?

Chapitre 35

Pixels sous la loupe

ÉricaLove

Salut Alex! As-tu vu le gros drame de FOU qui arrive à Laura? Tant pis pour elle, si tu veux mon avis! Il était temps que quelqu'un la remette à sa place. Elle me tape pas mal sur les nerfs depuis des semaines. Savais-tu qu'elle tripe sur Samuel Desjardins? OUF! Elle n'arrête pas de le regarder, c'en est comique! Hé, changement de sujet, on va toujours au cinéma samedi?

OH MON DIEU! C'est quoi, ça?

Alors que je cours hors de la maison pour éviter la scène avec la mère de Marie-Douce, voilà que je reçois ce message horrible! Ma vision s'embrouille, je pense que je fais une autre crise cardiaque. Je dois m'asseoir une minute, je vois double. C'est quoi ce message de ? La colère m'étrangle! Mes doigts sont si rapides sur le clavier que je m'étonne moi-même!

Laura12

Erreur de destinataire. Merci beaucoup! Bonne vie, espèce de conne!

Comme si mes malheurs des derniers jours n'étaient pas suffisants, je me retrouve en état de choc, dehors sur le gazon, en robe de chambre, mes pantoufles Hello Kitty aux pieds. Érica s'est trompée, elle pensait écrire à Alexandrine. Voilà le chat qui sort du sac. Son masque vient de tomber, ma mère avait raison. Ma vie est déjà dans les poubelles ; ce texto, c'est juste TROP !

Je prends quelques minutes pour me ressaisir. Bon, beaucoup plus que quelques minutes : une heure passe avant que mon cœur ralentisse sa cadence pour revenir à un rythme presque normal.

Je dois me raisonner ! Comparé à tout le reste, c'est presque rien, juste quelques larmes de plus ! « L'affaire Érica », je dois la tasser dans un coin de mon esprit. J'ai déjà assez de problèmes sans en rajouter. Dans une tentative de « passer à autre chose », je glisse mon iPod dans la poche de ma robe de chambre, m'interdisant de le regarder pendant au moins quelques heures !

Puis, à bout de nerfs de l'accumulation de SCHNOUTTE qui me tombe sur la tête, je m'assieds sur les marches. Je ne pouvais pas rester dans la maison. Cette femme, Miranda, la mère de Marie-Douce, est apparue de nulle part. Elle lui ressemble avec ses cheveux blonds, ses yeux bleus, sa taille si fine qu'on dirait qu'elle a encore elle-même treize ans.

J'ai été surprise par la réaction de Marie-Douce devant sa mère. On aurait dit une autre fille. Elle est devenue rigide, directe, froide… J'avais l'impression de voir une étrangère. Si moi je venais de voir mon père apparaître, je lui sauterais au cou et je pleurerais de joie! Aurais-je enfin trouvé le côté sombre de Marie-Douce Brisson-Bissonnette? Une relation difficile avec sa mère? Celle-ci est-elle une marâtre comme la belle-mère de Cendrillon? Peut-être, qui sait?

Toujours ébranlée par la fameuse photo de Corentin et de Marie-Douce qui s'embrassent, et malgré ma résolution de ne pas utiliser mon iPod avant plusieurs heures, je le ressors de ma poche et laisse mon index glisser et tapoter l'écran tactile à la recherche de l'image. Je n'ai pas pris le temps de regarder les détails, j'étais trop fâchée. Maintenant que je n'ai rien d'autre à faire ni personne pour me déranger, je peux la scruter pixel par pixel pour analyser la situation.

Du pouce et de l'index, j'écarte les doigts sur la vitre pour grossir la photo.

Ce n'est pas une grosse accolade! Corentin ne touche Marie-Douce sous le menton que du bout des doigts. Mais c'est bien un baiser en règle, sur la bouche ! En glissant mon index pour faire disparaître l'image, j'aperçois les mains de Marie-Douce. Je sourcille, incrédule et… un peu soulagée. Ce que ses mains, ou plutôt ses poings fermés très serrés me disent, c'est qu'elle ne semblait pas vouloir se faire embrasser. Elle a plutôt l'apparence d'une fille en colère !

Me serais-je donc trompée ?

Peut-être que jamais Marie-Douce n'avait eu l'intention d'aller vers Corentin.

L'idée venait-elle bien de lui ?

Elle est si timide avec les garçons, je l'imagine bien mal faire les premiers pas !

Mais j'aimerais en avoir le cœur net !

Chapitre 36

Pourquoi moi ?

Je suis toujours sur le divan du salon, entourée de Nathalie, papa et ma mère. Laura vient de sortir en courant. Maman, hum, je veux dire *Miranda*, semble chercher à se rappeler le nom du garçon de son nouveau mari. Les yeux vers le plafond, elle tapote sa lèvre inférieure comme si elle s'appliquait à trouver la réponse à un problème de calcul mental difficile.

Elle ne se souvient même pas du prénom de son futur beau-fils ! Pourquoi ne suis-je pas surprise ? Ma mère est si centrée sur son nombril qu'il ne lui est pas venu à l'idée de faire un effort pour se souvenir d'un nom aussi important.

Puis, un éclair semble animer son regard. A-t-elle enfin trouvé ?

– Ils sont français, vous savez ! Son nom est un peu inhabituel… il n'y en a pas beaucoup au Québec…

Oh mon Dieu, c'est impossible. Non… il ne faut pas que ce soit celui à qui je pense ! Nooooon !

Mon père a les bras croisés et se balance d'un pied sur l'autre. Il regarde le plancher, il a hâte que Miranda s'en aille, je reconnais les signes. De son côté, Nathalie me fixe, la bouche entrouverte, l'air inquiet.

— Ma puce, tu es blême tout à coup, est-ce que ça va ? me demande-t-elle.

J'ignore sa question. Je suis concentrée sur ce que ma mère va dire. *Allez, Miranda, dis Balthazar… c'est le seul autre Français que je connais. C'est facile… Bal-tha-zar.* Il est sympathique, discret, il ferait un demi-frère facile à côtoyer, pas de complications…

— Je l'ai !

— C'est quoi ? demandons-nous tous en même temps, Nathalie, mon père et moi.

Nous sommes exaspérés !

— Corensin ! annonce ma mère avec un grand sourire.

— Tu veux dire… CorenTin ?

— Oui ! C'est ça !

Pourquoi moi… Pourquoi ?

Chapitre 37

Les jours se suivent...

Après avoir revu la photo de Corentin qui embrasse Marie-Douce des millions de fois pour analyser de près chaque détail, je rentre avant qu'on ne me surprenne dehors en robe de chambre laide. Je viens de voir les deux Sam Desjardins tourner le coin de la rue à vélo. Il s'en est fallu de peu !

Je croise Miranda qui sort, sa petite main en l'air tenant son sac à main coquet du bout des doigts. On dirait une actrice tout droit sortie d'un film de Walt Disney. Une de ces méchantes belles-mères trop raffinées.

Marie-Douce est toujours sur le divan. Ma mère la tient dans ses bras comme pour la consoler. Est-ce une blague ? JE vis une fin de semaine d'enfer, c'est MOI la victime et ma mère LA réconforte ? MA mère à MOI ?

Il faut dire qu'en fait de mère, Marie-Douce n'a pas été gâtée. Ouf ! Pas gâtée ? Les mots sont faibles.

Puis je m'arrête. N'ai-je tiré aucune leçon de mes dernières mésaventures ?

Je devrais apprendre à ne pas juger les gens trop vite.

Je dois être plus charitable.

Elle n'est peut-être pas méchante…

Je retourne la question dans ma tête.

Une fois, deux fois…

Nah! Miranda ne peut pas être *cool* comme ma mère.

C'est juste impossible.

Les jours suivants, nous sommes chacune dans notre coin. Marie-Douce ne me parle pas, elle s'arrange pour sortir de la chambre quand j'arrive, et le soir, elle branche ses écouteurs. Nos lits sont à deux mètres de distance l'un de l'autre, c'est tout sauf naturel que de vivre aussi près d'une personne et de faire comme si elle n'existait pas.

Je dois l'avouer, j'ai le goût de lui parler.

J'ai BESOIN de lui parler.

Voilà, c'est dit.

Elle me manque.

J'apprends de ma misère. Je me rends maintenant compte que dans les moments difficiles, seuls les vrais amis peuvent nous faire du bien. Serait-ce le cas avec Marie-Douce? Avais-je une vraie *BFF* sous les yeux depuis le début, sans m'en rendre compte? Je me suis trompée en croyant qu'Érica était mon amie. Je sais maintenant à quel point Marie-Douce est différente.

Je cherche à croiser son regard, mais c'est impossible. Elle est très disciplinée dans sa façon de m'éviter. Il semble aussi qu'elle soit allée voir sa mère à quelques reprises, ce qui n'a pas dû être très facile, à voir son air avant et après ces visites.

Le matin, elle n'essaie même pas d'avoir accès à notre salle de bains, elle se dirige tout droit vers celle du couloir, celle où Trucker a élu domicile. Elle attrape un truc à manger et marche seule jusqu'à l'école, beaucoup plus tôt que nécessaire.

Je me demande ce qu'elle fait de cette demi-heure d'avance sur le terrain de l'école? Y rencontre-t-elle Corentin en cachette? Arffff… Je dois cesser de me poser ce genre de question, ça ne fait que me rendre malade.

Aux pauses, elle évite ses copines habituelles. Ce n'est pas surprenant puisque c'est Samantha qui m'a envoyé la fameuse photo qui a tout gâché. La situation a pris un drôle de tournant. C'est moi, désormais, qui côtoie Constance et Samantha Desjardins.

À la suite du fiasco du t-shirt, Samuel m'a reniée lui aussi.

Depuis le discours de Corentin vendredi dernier, Samuel ne me parle plus du tout. Sans un regard dans ma direction, il s'en va quand j'arrive. Si je marche d'un côté de la rue, il traverse pour ne pas me croiser, et ainsi de suite. Pas que j'avais une grande relation avec lui avant, mais nous avions ce petit jeu de « je t'observe, tu m'observes, on se dit allô et on sourit comme des niaiseux ». Même après la fois où j'ai fait la gaffe d'être brusque quand il a voulu me dire allô à mon casier, nos regards avaient tout de même continué à se croiser. Mais depuis le sermon de Corentin, c'est terminé !

À part Samantha et Constance, je n'ai plus grand ami. Érica m'a dit (par erreur, c'est encore pire !) ce qu'elle pensait vraiment de moi et même si mon orgueil en a pris un sacré coup, je me rends bien compte que ça ne fonctionnait plus entre nous. Nous étions proches depuis la deuxième année, mais avec le temps, nous n'avions plus grand-chose en commun. En plus, elle tripait trop ouvertement sur le groupe populaire Full Power, ça me tombait sur les nerfs. Elle parlait de leur chanteur Harryyyy Stone à tout le monde ! Seigneur ! C'est sûr qu'il est SUPER beau, mais faut-il le crier sur tous les toits ? C'est quétaine de les vénérer ! Elle me faisait honte ! Vaut mieux faire comme moi : les aimer en cachette... Bref, c'est mieux comme ça. Adieu, Érica St-Onge. Je déteste l'avouer, mais ma mère avait raison, elle est loin d'être un ange... Et pauvre Maurice Gadbois qui a un *kick* sur elle depuis des mois. Je le plains.

La semaine a donc passé à un rythme si lent que j'ai perdu patience à plusieurs reprises. Une chance que Samantha et Constance m'ont prise sous leurs ailes parce que j'aurais vraiment capoté.

Chapitre 38

Grain de sable retrouvé

Quelques minutes après que Miranda m'ait annoncé que Corentin est mon nouveau demi-frère, elle est partie comme une flèche, prétextant un rendez-vous important. La vérité, c'est que ma mère ne sait pas quoi faire dès qu'une situation devient compliquée. Elle déguerpit aussitôt que mon regard change. C'était ainsi quand j'étais petite. Elle ne pouvait pas supporter que je pleure. Elle appelait aussitôt mon père à la rescousse. « Hugo ! Elle braille encore ! » s'écriait-elle.

Elle nous a laissés juste avant mes sept ans. J'ai compris plus tard qu'elle avait choisi sa carrière d'acrobate. Elle n'était pas faite pour être une mère, point à la ligne. « Tout le monde n'est pas capable d'être maternel, ce n'est pas de sa faute », me disait mon père dans ses nombreuses tentatives pour me consoler. Même si je comprenais, ça faisait mal.

Tout s'est passé si vite ! Laura est rentrée, toujours vêtue de sa robe de chambre bleue, au moment où Miranda sortait. J'avais encore la surprise estampée sur le visage à la suite de la grande nouvelle que ma mère venait de m'annoncer. Nathalie s'est ruée sur moi pour me consoler dès que Miranda a été hors de vue.

Déboussolée, troublée en plus d'être toujours triste de n'avoir pas pu expliquer à Laura que je n'étais pas responsable du baiser avec Corentin, j'ai accepté le soutien de Nathalie. J'avais besoin de me blottir dans ses bras rassurants. Pour une fois, la réaction de Laura m'importait peu.

Qu'elle soit jalouse de ma relation avec sa mère est son problème, pas le mien. J'ai assez de choses à gérer.

Les jours suivants, je fais tout pour éviter Laura. Entre autres activités, je prends l'habitude d'arriver très tôt à l'école. Est-ce un signe du ciel que Corentin apparaisse, lui aussi, une bonne demi-heure avant le début des cours ? Je le prends comme tel.

Il semble hésitant, quand il m'aperçoit de loin. Il descend de son vélo sans me quitter du regard. Mon cœur bat la chamade. Que dire, que faire ? Comment dois-je me sentir en sa présence ? Je ne sais même plus quelles émotions je ressens ! Il s'approche en marchant lentement, comme si lui aussi était confus.

Enfin arrivé à quelques pas de moi, il appuie son vélo contre un poteau. Il reste debout devant moi, les mains dans les poches.

– Ça va ? demande-t-il.

Sa voix est rauque et mal assurée.

– Pas vraiment…

Un long silence s'installe entre nous, nos regards fixant le paysage, c'est-à-dire la bâtisse aux briques rouges, les clôtures, les arbustes…

— Je réfléchis à un moyen de rectifier la situation, finit-il par admettre.

J'ai un rire sec.

— Tu veux faire comme Laura et essayer de séparer nos parents ? Pas besoin de t'en prendre à moi, si tu veux les séparer. Je vais même t'aider !

Il secoue la tête.

— Pas du tout. J'ai aucune envie de faire la guerre avec toi, Marie-Douce.

— Moi non plus. J'ai demandé à Nathalie et à mon père de ne pas annoncer la nouvelle du mariage de nos parents à Laura.

— T'as bien fait. Elle va flipper quand elle va l'apprendre. Le plus tard sera le mieux.

— Tu sais que Samantha a pris une photo de nous ?

— Quoi ?

— Quand tu m'as… euh…

Il cligne des yeux plusieurs fois, cherchant à comprendre ce que j'essaie de dire.

— Quand je t'ai quoi ?

— Ben, tu sais…

— Ah ! finit-il par lancer en riant. Elle prend tout en photo, celle-là ! Elle fera un excellent paparazzi !

— C'est pas drôle, Corentin ! Laura l'a vraiment mal pris ! T'aurais jamais dû…

Il baisse les yeux vers moi avec un regard blessé.

— Je ne regrette pas de t'avoir embrassée, Marie.

Exaspéré, il se lève pour aller chercher son sac qu'il a posé près de sa bicyclette. Il en sort son iPhone.

— Qu'est-ce que tu fais ?

— J'envoie un texto à Bruno, mon chauffeur, pour lui dire que je suis à vélo ce soir.

— Ton chauffeur ? Comme dans… chauffeur de limousine ?

— Ouaip ! Est-ce que tu pensais que je te racontais des histoires, concernant mon père acteur ? Mais c'est pas ça que je veux te montrer.

Je fronce les sourcils, curieuse, alors que, du bout de l'index, il tapote la petite vitre rectangulaire de son appareil.

— Est-ce que tu savais que la nouvelle bibliothécaire s'appelle Sylvie Tremblay ? demande-t-il sans cesser de fixer son iPhone.

— OK… Mais en quoi est-ce que c'est important ?

— C'est elle qui garde le chat de Laura. Tu sais, Dracula… Laura m'en a parlé sans arrêt depuis qu'elle a emménagé chez vous.

Je ferme les yeux. Je suis au courant de la tristesse de Laura à l'idée de perdre son chat. Pour moi, en plus ! Malgré tout ce qui s'est passé, je me sens vraiment mal d'avoir été la cause de ça.

– Oui… bien sûr. C'était pas *cool* pour elle. Ne m'en parle pas, je me sens déjà assez mal, c'est de ma faute…

– Arrête de t'apitoyer sur ton sort et lève-toi de là ! Je suis en train de te dire que j'ai retrouvé son chat !

– Quoi ?

Je me relève en balayant les brins d'herbe collés à mon jeans.

– Ça m'en a tout l'air ! Regarde ! C'est elle ! La dame qui travaille à la bibli avec sa mère. Franchement, Laura n'a pas cherché bien loin…

Il incline vers moi l'écran de son iPhone. Sur la photo, une femme dans la trentaine, aux cheveux châtains et au visage agréable, tient près de son visage la frimousse d'un chat noir dont l'œil gauche est entouré de blanc.

– Regarde son nom !

– Sylvie Tremblay… Comment t'as fait, Corentin ?

– J'ai fouillé pendant des heures. J'ai regardé tous les profils des Sylvie Tremblay du Québec pour finir par tomber sur la bibliothécaire. J'te jure qu'il y en a pas mal des Sylvie Tremblay ! Tard hier soir, je ne pouvais pas dormir, je surfais sur le Net et cette dame a mis la photo en ligne. Et v'lan! J'ai reconnu la description du chat. J'étais trop content! Évidemment, comme Laura ne m'adresse plus la parole, je n'ai pas osé lui envoyer un message pour lui annoncer la bonne nouvelle.

J'écoute Corentin avec grande attention. Peu à peu, une idée se forme dans ma tête. Mon plan nécessite de prendre une décision très difficile. J'aurais un grand deuil à faire. Mais je le ferais au nom de cette amitié que j'ai tant espérer.

— Même si tu parles à Laura aujourd'hui, ne lui mentionne pas que t'as retrouvé son chat, d'accord? Allons voir cette dame dès ce soir.

Les élèves arrivent par petits groupes dans la cour; parmi eux, Laura, qui marche, tête baissée, entre Samantha et Constance. Au moins, elle n'est pas seule et ça me soulage.

— Je connais cet air… tu es une fille en action! m'accuse Corentin en souriant.

— Oh oui! Mais moi, mon plan fonctionnera. Je dois juste avoir une longue et pénible discussion avec ma mère et mon père. Je dois aussi rencontrer ton père, mon nouveau beau-père, le plus tôt possible… Ne restons jamais ensemble devant Laura, d'accord?

Chapitre 39

Deux semaines plus tard

C'est samedi, Marie-Douce est partie à son cours de karaté ou de ballet, j'en perds le fil. Comme nous ne nous adressons plus la parole, je ne lui ai pas posé la question. Ça fait déjà deux semaines que nous n'avons aucun contact ou presque. Juste un « Peux-tu me passer le sel » ou « Tu peux avoir la salle de bains, j'ai terminé » rapide et du bout des lèvres.

Samantha me texte sans arrêt sur Messenger. Elle veut savoir si Marie-Douce m'a parlé, et si oui, ce qu'elle a dit.

Je ferme mon iPod d'un geste brusque et je le lance sur ma couette. Elle me tape sur les nerfs, ce matin. Elle me pose trop de questions qui me piquent droit au cœur.

Non, Marie-Douce ne m'a pas reparlé ! Ça fait deux semaines que ça dure…

Je n'ai pas eu de nouvelles de Corentin non plus !

J'ai beaucoup de peine, mais je ne peux pas en parler parce que c'est à lui que j'ai besoin de me confier. À personne d'autre !

J'ai espéré que Corentin m'approche pour qu'on puisse s'expliquer et se réconcilier. Il me manque beaucoup. J'ai eu le temps de réfléchir, d'analyser et de comprendre que ce que je faisais était mal. Les vrais amis, ça pardonne, non ? Moi, je lui ai pardonné d'avoir dévoilé mes intentions contre

Marie-Douce à tout le monde. Il m'a humiliée, pourtant je suis prête à redevenir son amie. Ça devrait compter pour quelque chose, non ? De toute évidence, il ne sait pas tout ça.

Comme Marie-Douce, il évite mon regard, il se sauve… Je les observe toute la journée, comme une folle qui ne peut pas décrocher. Ils ne se parlent jamais. Marie-Douce semble s'être rapprochée de Samuel (Ouch ! Un autre pincement à mon pauvre cœur blessé !) et Corentin discute souvent avec Balthazar, l'autre Français de notre niveau.

Depuis une semaine, ma mère et Hugo échangent des commentaires en anglais (que je ne comprends toujours pas !) et Marie-Douce fait mine de ne rien entendre. Leur comportement à tous les trois est vraiment louche. Ma mère semble soucieuse et a l'air de vouloir convaincre Hugo de quelque chose. Il ne fait que secouer la tête, l'air triste.

Ce matin, je n'en peux plus. J'ai essayé d'être discrète, pour faire changement et être fidèle à ma « nouvelle moi » qui agit avec plus de compréhension et de patience. Mais là, ça va faire !

— Mais qu'est-ce que vous avez, tous les trois ? Il se passe quelque chose et personne ne me parle ! Je veux savoir !

Juste comme je termine ma phrase, on sonne à la porte.

— Va ouvrir, Laura, c'est pour toi ! fait Marie-Douce d'une voix rauque.

Mon regard passe de Marie-Douce à maman pour terminer sur le visage sombre d'Hugo qui hoche la tête pour m'encourager à ouvrir.

Mes pas sont lourds dans le couloir. J'ai presque peur de ce que je vais découvrir. À voir leur tête d'enterrement, je m'attends à y trouver la police, genre…

D'une main tremblante, je tire la poignée.

Mon cœur s'arrête. Je bondis de joie.

J'ai devant moi Corentin qui tient mon Dracula dans ses bras.

— Dracuuuuule !

Mon cri est si strident que le pauvre chat se crispe contre la poitrine de Corentin.

— Viens me voir, mon bébé ! Ah, je me suis ennuyée de toi !

Je tiens enfin mon matou contre ma joue, il ronronne comme une locomotive. C'est bien lui, tout noir avec ce blanc autour de l'œil. Je l'aime à mourir !

Nous sommes toujours dans le vestibule. Je n'ai même pas songé à inviter Corentin à entrer, je suis trop excitée de retrouver mon chat.

— Euh… Est-ce que Marie-Douce est prête ? demande Corentin.

Je ne comprends pas sa question. Pourquoi Marie-Douce devrait-elle être prête ? Confuse, je regarde autour de moi. Dans le salon, près de la porte d'entrée, il y a mon père et Nathalie qui se tiennent par la taille. Ma mère, l'air triste, appuie sa tête sur l'épaule d'Hugo qui resserre son étreinte. Marie-Douce, le visage rougi et les yeux brillants de larmes, embrasse à tour de rôle son père et ma mère. Elle porte un gros sac de voyage dont Corentin la débarrasse avec galanterie.

Marie-Douce s'approche de moi et par réflexe, parce que je sais qu'elle y est allergique, je laisse Dracule tomber au sol. Elle pleure. Pourquoi ? D'un mouvement souple, elle m'enlace de ses bras délicats et tremblants.

— On a retrouvé ton chat, je suis contente pour toi.

— Mais… on ne peut pas le garder !

— Oui, tu peux ! m'assure-t-elle. J'ai tout arrangé. Je m'en vais vivre chez ma mère. T'as eu ce que tu voulais… Ou juste à moitié. Je suis désolée, j'ai pas pu joindre ton papa. C'est pas faute d'avoir essayé. Mais t'as ton chat.

— Han ! Quoi ?

Dans ma tête et mon corps, la panique s'installe. C'est sûrement une blague ? C'est un cauchemar ! Je vais me réveiller !

Lorsqu'elle se détache de moi, je la vois marcher vers une longue limousine noire où Miranda l'attend, debout devant la portière ouverte.

Corentin est toujours devant moi, les mains dans les poches.

– Pardonne-moi, Laura…

Sans hésiter, je me jette dans ses bras.

– C'est déjà tout pardonné ! C'est moi qui te demande pardon ! Ne la laisse pas s'en aller, Corentin ! Aide-moi ! Je me fiche du chat, je veux ma sœur !

À suivre…

☺

Remerciements

Un énorme merci tous ceux qui ont contribué à la création de cette nouvelle série !

Ma fille Sandrine qui m'a inspirée durant l'écriture de ce tome et qui continue de le faire pour les prochains.

Élodie et Rosalie Gagné, sans votre intensité, vos passions et vos idées, les aventures de Marie-Douce et de Laura ne seraient pas les mêmes.

Merci à France Leroux pour la visite guidée de l'école des filles modèles à Vaudreuil-Dorion !

Je dois une fière chandelle à ma complice de toujours, l'auteure Catherine Bourgault, merci pour le matou…

Katherine Mossalim, Shirley De Susini, Marc-André Audet et toute l'équipe des Malins, quelle énergie hallucinante !

Corinne De Vailly, Fleur Neesham, Dörte Ufkes et Estelle Bachelar, vous êtes fantastiques !

Et un gros merci plein d'étoiles à toi, chère lectrice et cher lecteur. Que tes nouvelles copines te fassent entrer dans leur univers coloré d'émotions !

Marie xoxox

Retrouve les Filles modèles sur Facebook!

 www.facebook.com/lesfillesmodeles

Réimprimé en octobre 2015 sur les pressses de Marquis-Gagné
4e tirage